Manuel Hidalgo

LA GUERRA DEL SOFÁ

Manuel Hidalgo

LA GUERRA DEL SOFÁ

Ella, él, la pasta de dientes y otros conflictos de andar por casa

temas'de hoy.

Primera edición: octubre del 2000
Segunda edición: octubre del 2000
Tercera edición: noviembre del 2000

Paseo de Recoletos, 4. 28001 Madrid
ISBN: 84-8460-048-3
Depósito legal: M-44.976-2000
Compuesto en J. A. Diseño Editorial, S. L.
Impreso en Lavel, S. A.
Printed in Spain–Impreso en España

Índice

A Beatrice, que comparte sofá conmigo desde hace dieciocho largos años.

(—¿Por qué dices largos?
—Bueno, porque son dieciocho años y pico.
—La gente va a pensar que se te han hecho largos.
—¿Largos? Un suspiro.
—No son dieciocho, además, son veintidós.
—Según cómo se cuente.
—¿Y tú cómo los cuentas?
—Yo lo cuento todo estupendamente.)

Nota del autor

Este libro se basa en una idea que desarrollé, en forma de artículos, a lo largo de doce meses en la revista *Cosmopolitan.* A Ana Rosa Semprún y a Julián León les gustaron aquellos textos, y me pidieron un libro que no fuera recopilatorio.

La directora de *Cosmopolitan*, Sarah Glattstein, a la que agradezco su buena disposición a mis ideas, me permitió matar la serie y empezar otra, por lo que le estoy muy reconocido.

Este libro, por tanto, es completamente nuevo, ya que reúne versiones ampliadas y distintas de los textos ya aparecidos y una docena de escenas inéditas de la guerra del sofá, sometido todo ello a otro concepto, mucho más cercano a la narrativa que al ensayo, aunque la cosa, como tantas discusiones, queda en tablas.

Manuel Hidalgo

«Una discusión prolongada es un laberinto en el que la verdad siempre se pierde.»

SÉNECA

«La discusión fortalece la agudeza.»

CICERÓN

«Todo lo que se refiere a la guerra es una bofetada al buen sentido.»

HERMAN MELVILLE

«Se hace la guerra cuando se quiere, se termina cuando se puede.»

NICOLÁS MAQUIAVELO

Introducción

La guerra, el amor y la discusión

En este libro tenemos una pareja, un sofá y veinticuatro discusiones. Las veinticuatro discusiones obedecen a veinticuatro razones o sinrazones distintas, más las que se cuelan en el fragor de la batalla, pero, en realidad, todas son una misma, la gran discusión, el gran conflicto que es vivir con otro.

Explicaré primero por qué elegí el sofá como teatro de operaciones. El sofá, el sofá del cuarto de estar, acoge y congrega a la pareja durante muchos minutos u horas al día. También la cama y la mesa de comer, pero en el sofá, a diferencia de los otros dos escenarios, no se desarrolla una actividad concreta, una común acción simultánea.

En el sofá se pueden hacer y se hacen muchas cosas, pero en el sofá, sobre todo, se está. Ese estar sin más que propicia el sofá, aunque se esté haciendo algo, es como una página en blanco por escribir, como un terreno de juego antes del partido. Como un campo en las horas previas a la batalla, listo para ser sembrado por la discordia. Si tenemos contendientes dispuestos y problemas en el aire, allí ocurrirá lo que tiene que ocurrir: la pelea del día.

Y la experiencia nos dice, qué caramba, que es en el sofá donde transcurren muchas refriegas de la convivencia.

Buena parte de los episodios que aquí se relatan suceden por la noche. Según el modo de vida actual, muchas parejas trabajan y no siempre coinciden en casa a la hora de comer. Incluso no coinciden nunca, salvo los fines de semana, en las grandes ciudades.

Coinciden por la noche. Es el momento del descanso. O sea, es el momento del cansancio. Las tareas del día han dejado huellas de fatiga, han agitado los nervios, han traído complicaciones y disgustos. Los planes y las preocupaciones del día siguiente acechan.

Ella y él, si todo va bien, van a estar juntos y van a descansar. Y lo celebran, desde luego. Pero la situación permite que los demonios interiores y exteriores hagan su aparición. Y aparecen.

Adelantaré algo sobre nuestra pareja, urbana y, por supuesto, trabajadora. Son profesionales, probablemente, aunque también podrían ser empleados cualificados. No tienen nombres. Son, sólo, ella y él. No tienen edad definida, si bien podrían estar entre los veintialgunos y los cuarenta y bastantes. Llevan tiempo juntos, ni mucho ni poco. Se conocen bien. Son suficientemente liberales, son suficientemente cultos, buenos consumidores. Ah, y se quieren. Si no se quisieran, apaga y vámonos.

Son así, así los he dibujado, buscando que fuesen una pareja cualquiera, como las demás, el promedio de muchas. En el paisaje del combate no aparecen hijos. Podrían tenerlos, y los tendrán, pero las discusiones, con los niños en el colegio o acostados, serían prácticamente idénticas.

¿Qué discusiones? Los problemas que aquí se reflejan no son los grandes problemas, son los problemas de todos los días, los problemas pequeños de la convivencia, las chispas que saltan al roce o al choque de los distintos caracteres y manías, de distintos gustos y planteamientos, al paso de los carros y carretas de las adversidades nimias, de las contrariedades sin importancia.

Hay guerras terribles y crueles en las parejas: afanes radicales de autodeterminación, conflictos de fronteras y jurisdicciones, discrepancias en la interpretación de la ley, luchas por el poder, invasión del territorio, alianzas secretas con terceros, codicia de botines, desfalcos al tesoro, severas vulneraciones de acuerdos...

La guerra de nuestra pareja, como la guerra de tantas, no se produce por asuntos tan graves. En todo caso, por manifestaciones leves de algunas de esas causas mayores.

La guerra de nuestra pareja se produce por lo que Álvaro Pombo llamaría los delitos insignificantes.

Nuestra pareja discute, discute mucho, a veces encarnizadamente y hasta con munición irregular. La discusión no sólo es la forma de su guerra, a menudo es la guerra misma. Quiero decir con esto que la guerra es el fin y no el medio, y se agota en la misma discusión, sin efectos colaterales ni secundarios remarcables.

Cosa distinta es que todas estas escaramuzas puedan ser síntoma de males más enjundiosos, obedecer a ocultas patologías, a razones de fondo más graves aún no explicitadas del todo. No se descarta, en absoluto. Pero como no están a la vista, como no están sobre la mesa, tampoco lo están en el sofá.

Las discusiones. Todas las parejas discuten, ya se sabe, solemos decir, hasta las mejor avenidas. Y es verdad.

Mi impresión personal, más hipótesis que tesis, consiste en que las discusiones unen más que separan. Estoy hablando del tipo de discusión habitual, cotidiana, el que refleja este libro. La discusión tópica, tan tópica que cabe pensar que todas las parejas guerrean en estos frentes y con muy similar armamento.

La discusión que no está marcada por la peor intención, ni por el veneno más letal, ni por el afán destructivo, la discusión que tiene algo de esgrima de salón, de ganas de hacer guantes marcando el golpe sin marcar el cuerpo del contrario, esa clase de discusión, salvo que se convierta en una asfixiante pesadez por lo continua, y aún así, une más que separa.

Y es que, de entrada, la discusión une. Los que discuten necesitan estar juntos para discutir, y, estando juntos para discutir, están juntos a secas, expresan, visualizan (como se dice ahora) y hasta consolidan su unión. Están enfrente el uno del otro, sí, pero inseparables.

La discusión de pareja parecería ser una conjunción adversativa de contrarios, pero es una conjunción copulativa. La discusión es una forma de hacer el amor por otros medios, creo.

Siempre me ha llamado la atención ver en los adolescentes de ambos sexos cómo, antes de estrenarse en el amor físico, y cuando un chico y una chica se gustan, se empujan, se dan pequeños cachetes, se dan codazos, se hacen rabiar tontorronamente.

Esas peleas fingidas, con contacto físico, creo que obedecen claramente al deseo del otro, al deseo recíproco que todavía no se ha sustanciado en la unión de los cuerpos. Eso es lo que buscan intuitiva, vicariamente. Unión de los cuerpos que, por cierto, se materializa en el roce, en el choque, hasta en el arañazo o el mordisco, entre los contrarios.

Hacer la guerra (del sofá) puede ser, pues, un método oblicuo, camuflado de hacer el amor. En la discusión, con frecuencia, se busca al otro. Como se le busca en el sexo. «Tú tienes ganas de discutir, ¿eh?», nos decimos. Como se tienen ganas de hacer el amor.

Y en la discusión, él y ella, o los dos, sienten placer o dolor, o placer y dolor, como puede sentirse en los más apasionados encuentros amorosos.

Y, en la discusión, uno u otro, o los dos, se encelan, se enredan, tienen toda la intención, y las ganas, de seguir, de no parar, de continuar hasta el agotamiento. Como en el amor.

Y como en el amor, uno se decepciona cuando el otro propone la tregua, el cese de las dulces hostilidades.

Las discusiones de la pareja indican que los hombres y las mujeres no somos exactamente iguales. La doctrina oficial del momento es conocida y, por supuesto, no sólo la acato, sino que me adhiero a ella sin pestañear: iguales en derechos, iguales en deberes, iguales en capacidades, iguales, debemos ser, en oportunidades.

No es éste el libro para reflexionar sobre esta cuestión ni, mucho menos, para presentar pruebas concluyentes sobre la igualdad o la desigualdad entre hombres y mujeres. Pero, a la luz de estos episodios, me parece claro que hombres y mujeres tenemos distintas texturas y sensibilidades en la piel.

Digo la piel como metáfora admitida de algunos elementos esenciales y constitutivos de cada sexo. Dicho en plata, que las mujeres tienen unos ámbitos de preocupación y de sensibilidad, y los hombres, otros. O, si se prefiere, distintos grados de sensibilidad para unas cosas o para otras.

Y las mismas balas de la guerra del sofá, al dar en el blanco, no causan el mismo efecto en ella que en él. Y, por supuesto, ella y él saben también qué munición específica elegir, en definitiva en razón de la distinta vulnerabilidad psicológica de cada sexo, a la hora del ataque.

De todas maneras, he procurado, en muchos momentos del libro, y para no incurrir en atribuciones e imputaciones de género (como también se dice ahora), difuminar la silueta de los oponentes, que no se sepa si habla ella o habla él. Muchas veces era indiferente, entre otras cosas porque los comportamientos y papeles son, hoy más que nunca, intercambiables, pero, lo confieso, mi convicción íntima, y creo que será la de muchos lectores y lectoras no fanatizados por la lucha de los sexos, atentos a su propia experiencia y sinceros respecto a ella, es que, en la convivencia, hay unos *casus belli* más propios de hombres y otros más propios de mujeres. ¿Cuáles? Descúbralo el lector, analice por su cuenta, confróntelo con sus datos.

La guerra del sofá no tiene una Convención de Ginebra, un acuerdo escrito y suscrito por las partes para regular lo que está permitido y lo que no.

Sin embargo, debería regir, al menos, el sometimiento leal a un manual, tampoco escrito, de urbanidad, a unas reglas del juego que supongan cierta ética o, como poco, limpieza en la batalla. Son muy recomendables, además, para que las discusiones se mantengan, y nunca mejor dicho, en el terreno del salón y no causen consecuencias muy dañinas o irreparables.

He aquí, en desorden de importancia, algunas: no herir por un motivo banal, calibrar y proporcionar el tono de una respuesta a la agresión que la precede, no sacar a relucir asuntos presuntamente olvidados del pasado, no convocar temas que no tienen nada que ver con lo que se discute, no pasar de un tema menor a uno mayor sin venir a cuento, no atribuir al otro a sabiendas afirmaciones que nunca ha hecho, no utilizar emociones y sentimientos falazmente (lágrimas en vez de ideas, por ejemplo) para desarmar al otro, no rematar en el suelo al que ha perdido, no volver a la carga cuando la paz ya se ha declarado, no tener en cuenta un golpe excesivo del contrario cuando se tiene la seguridad de que es fruto de la calentura, no mezclar a terceros ausentes en el ataque o en la defensa, no guardar rencor sordo y largo al otro una vez finalizada la contienda...

La verdad es que todas las parejas que discuten, incluida la de este libro, incumplen esta sensata normativa. ¡Y no hay más muertos porque Dios no quiere! O, tal vez, y como diría un romántico genuino, porque el amor es más fuerte que la muerte. O, como diría un descreído, porque la rutina y la costumbre se hacen a todo.

La pasta de dientes, los pelos, las migas, el desorden, los recados, las llaves, la ropa, el papel higiénico, los ronquidos, las suegras, el tabaco, las vacaciones, los horarios... Ya irán viendo, lectores, los motivos, más o menos anecdóticos, de la guerra del sofá.

Pero detrás de las anécdotas, al fondo y en el fondo, hay, al menos, dos líneas que agrupan las causas más categóricas de estas batallas. Una, más objetivable, reúne los pactos establecidos por la pareja y las normas acordadas para regir su convivencia, pactos y normas derivados de los gustos, opiniones y puntos de vista de cada cual, que se supone que ambos conocen y han decidido respetar tras las oportunas negociaciones.

Si se acordó que uno, como parte de sus cometidos, sacaría la basura, por ejemplo, y ese uno no saca la basura, no sacar la basura es más que no sacar la basura. Es, para el otro, un incumplimiento, una deslealtad, una traición, una falta de colaboración, una negligencia, un factor de caos, una manifestación de pereza, lo que se quiera.

Y es verdad que así es. Y por ahí asoma la segunda línea, la retaguardia de valores y contravalores que dan categoría a las anecdóticas discusiones.

Esta línea en la sombra de motivos para la guerra es una batería de cuestiones más esenciales, más trascendentales y más decisivas para el buen futuro de nuestra pareja.

Y decía que es menos objetivable porque, teniendo que ver con los defectos de cada cual, su diagnóstico corre a cuenta del otro, que bien puede exagerar en su medición y en su valoración.

Estamos en el núcleo duro de imputaciones de mayor calado: no escuchas, no te interesa lo que digo, no estás atento a mis gustos, no tienes detalles, eres perezoso, haragán, eres sucio, zafio, eres terriblemente desordenado, comodón, egoísta, mentiroso, incapaz de sacrificarte, falto de generosidad, agobiante, policiaco, inquisitivo, irascible, despreciativo, dictador, maniático, obsesivo, pesado, pesimista, amargado, tacaño, aburrido, vengativo... Uf, mejor no seguir.

¿Podríamos estar enamorados de alguien así?, ¿podríamos vivir con alguien que atesorara semejante florilegio de defectos?

No. Cualquiera diría que no. Pero la realidad es otra. Lo que hay detrás de la guerra del sofá de nuestra pareja, y de casi todas, para qué negarlo, es justamente el malestar provocado porque el otro es así, en parte es así, y más de una vez se lo hemos dicho, aunque precisamente estas acusaciones no salgan a relucir, y mejor que no salgan, en el momento de estos combates del sofá.

Aunque a veces salen, pero, para suerte de los litigantes, envueltas en el fuego de artificio de los obuses, truenos de la tormenta y no rayos.

Se preguntará el lector: ¿tengo ante mí, pues, una visión desoladora de la pareja y del mundo? No, tranquilícese.

No quiero pecar de indulgencia, ni de bobaliconería de limbo. Creo que todas las personas estamos hechas con alguno de esos horribles defectos. Salvo casos espantosos, y muy reales por otra parte, la mayoría los tenemos en cantidades homeopáticas y con ebullición infrecuente. Nuestra pareja, eso sí, siempre se encargará de magnificarlos, del mismo modo que, *c'est la vie,* hará la vista gorda con las virtudes que nos adornan y que, en definitiva, hacen posible nuestro amor y nuestra convivencia.

Porque, con humor, confío en que mucho, y con una mirada compasiva y comprensiva, sin maniqueísmo y sin moraleja, lo que aquí se cuenta, ya se lo había advertido, no es una historia de guerra. Es una historia de amor.

1. LA BATALLA DE LA PASTA

Enseñar los dientes

Ella, después de lavarse los dientes, vuelve al sofá en el que él curiosea despreocupado una revista. Ella viene dispuesta a enseñar los dientes. ¿Le han quedado bonitos, blancos de anuncio?

No, ella viene dispuesta a armarla, a tenerla. Ya no puede más. Lo que él hace con la pasta de dientes le tiene harta.

¿Se puede organizar la de San Quintín por la dichosa pasta de dientes? No. No es posible. No es lógico, en absoluto, que por causa de ese insignificante tubito contenedor de un engrudo blanquecino, que jamás ocupa un hueco en nuestras ideas ni en nuestros deseos, se pueda llegar a desenfundar con ira las más afiladas lenguas.

Pues sí, es posible.

¿Qué pasa con la pasta de dientes? ¿Qué pasa, más en concreto, con el tubito de la pasta de dientes?

—Pasa que no lo cierras nunca, cariño. Pasa que pasas de cerrarlo por más que yo te diga. Pasa que a ti te da igual que se endurezca la pasta por la punta y que, cuando yo voy a usarla, no haya modo de que salga. Eso pasa, y eso quiere decir que no estás a lo que estás, que te da igual lo que yo te diga, que no pones esmero en los detalles, que si no fuera por mí no habría quien viviera en esta casa.

—¿Te pasa algo, mi amor?

—Me pasa que pasas de mí. Cosa que te digo que hagas, cosa que no haces. ¿Cómo lo consigues?

—¡Pero si no hago nada!

—Eso te digo, y encima estás sordo: te digo que no haces nada de lo que te digo.

—¿Y qué me dices?

—Bah, que te fagorices.

Bueno, ¿pero cuánto cuesta la pasta? No, no. No es cuestión de pasta, lo de la pasta. En verdad, nadie sabe la pasta que cuesta la pasta.

Es cuestión de otra cosa, de finura, de poner atención, de delicadeza, de poner empeño en cuidar las cosas. Es cuestión, lo ha dicho ella, de detalle.

Mira que cambiaron el sistema del tapón. Antes, el tapón era independiente, y era mucho más fácil dejarlo por ahí, a su aire, en el lavabo, sin enroscarlo al tubito.

Los fabricantes, acaso conocedores de las batallas que sobrevenían por culpa de la pasta, pergeñaron el tapón adherido al tubito, de manera que no hubiera forma de que se despistara por cualquier sitio.

—Sólo hay que hacer así, click, y ya está. Pero tú, nada. Cuanto más fácil es para todos, más difícil es para ti.

—¿Me vas a montar un número porque no hago click?

—Te voy a montar un número porque estoy aburrida de tu dejadez.

—Está uno aquí, tan a gusto, sin hacer nada malo y sin meterse con nadie, y vienen a sacarle de quicio por un click. ¿Son eso maneras?

—¡Maneras! Si tú supieras lo que son maneras, cerrarías el tubito de la pasta como Dios manda.

—Sí, claro, el undécimo mandamiento de la Ley de Dios es: cerrarás el tubito de la pasta de dientes con un click.

La verdad es que cuando un tubito de pasta de dientes no se ha cerrado bien, se forma ahí, en la punta, una dureza desagradable, una sequedad precisamente pastosa que parece como un trocito de tierra desierta azotada por la sequía. Como con grietas.

—Te soliviantas por nada, querida. Y, además, el tapón no hace ni click ni clock.

—Es un modo de hablar.

—Es un modo de incordiar.

Los problemas del tubito no se acaban, ni mucho menos, en si se pone o no se pone el tapón. No, no. El asunto da mucho más de sí.

Hay quien tiene la costumbre, y de ello hace espartana ley para sojuzgar al otro, de ir apretando el tubito digamos que por el culo, poco a poco, conforme se va usando, a fin de que la pastosa masa se haya de concentrar arriba y la parte inferior quede aplastada cual chatarra en la compresora.

A estas personas hipersistemáticas les pone de los nervios que llegue el otro y, sin más ni más, zas, apriete con sus dedazos —los dedos se convierten en dedazos, a estos efectos— por arriba o por en medio, y se eche a perder el progresivo y metódico vaciado del tubito, que, cierto es, coge un aspecto informe y dislocado si es presionado por cualquier sitio.

—¿Y qué coño importa el aspecto que tenga el tubito de los cojones?

Ya se ha liado.

Pero no se ha liado del todo. No, no. El tubito, si se quiere discutir, da mucho más de sí.

—Y no sólo aprietas por donde te da la gana, sino que pasas de irlo enrollando.

—¿Te vas a enrollar así de mal sólo porque no enrollo el tubito?

—No cierras el tubito, no aprietas el tubito, no enrollas el tubito. No haces nada bien con el tubito, y me estoy refiriendo, de momento, al de la pasta de dientes.

Para los fanáticos del tubito, para los dogmáticos del flúor más sodio, que en tal minucia química consiste la bobada, las reglas no terminan con el cierre del tapón y con el apretar de abajo a arriba. En absoluto. Huy, eso sería muy fácil. Hasta se podría estudiar.

Es que para más *inri*, para redondear la jugada, para volver loco al más pintado, lo decisivo, lo imprescindible, lo inexcusable y lo plausible es ir enrollando el tubito.

—Enrollar el tubito hasta que parezca un caracol. ¡Ya te digo! —él contraataca—. Pues has de saber, doña Perfecta, que tú dilapidas la pasta.

—¿Me estás acusando de gastar demasiado dinero?

—Todavía, no. Aunque alguna relación tiene. Lo que tú dilapidas es la pasta de dientes. No hace ninguna falta que eches tanta pasta en el cepillo. Total, para que la mitad se te caiga al lavabo cuando pones el cepillo bajo el grifo a toda presión. Que eso tú lo haces mal, que, primero, se humedece el cepillo y, después, es cuando hay que echar la pasta, cuando ya agarra.

—¡Agarrado!

—Querida, un poco de pasta basta.

—¡Gioooor!

—Gior, tu madre.

2. LA BATALLA DE LOS ANILLOS

Pasar por el aro

Elegir los anillos fue bonito. Se les llama anillos de compromiso, y aun así, aunque la palabra compromiso suene secretamente a encerrona, y también a obligación, elegir los anillos fue bonito porque fue el comienzo de todo, el primer gran paso, el gran momento álgido de lo que vendría después.

Sobre los anillos se hicieron varios seminarios en la mesita de velador con Coca-Cola y carpetas de las tardes de novios. ¿Cómo deberían ser esos anillos? El símbolo de la unión, el testimonio de una promesa de amor eterno, el emblema de la recíproca fidelidad, todo eso junto no puede ser de cualquier manera, no puede decidirse sin más ni más.

—A mí me gustaría, cariño, que nuestros anillos fueran muy gruesos, muy anchos, que todo el mundo viera a distancia la prueba de lo mucho que nos queremos y de lo unidos que estamos.

—Sí, es una idea.

—¿Mala idea?

—No, no. Es una idea, digo.

—Pero lo dices sin entusiasmo.

—Es que yo tengo otra idea.

Y así ha de ser, cada cual tiene sus propias ideas, y lo importante es respetar las ideas del otro, y, cuando una idea y otra idea son incompatibles, pues llegar a acuerdos con diálogo y comprensión. Saber ceder. Es lo que se dice.

De novios no cuesta imaginar un futuro de constantes cesiones. Más tarde ceder, lo que se dice ceder, sólo ceden los zapatos, y a fuerza de usarlos.

—Mi idea es la contraria. Que compremos unos anillos muy finos, muy delgaditos. Lo que importa es el símbolo. El amor no se mide por el grosor de los anillos, y, si me lo permites, llevar esos anillos gordos es cosa de nuevo rico de pueblo.

Ideas distintas, ya digo, como debe ser. Pero en las primaverales horas del noviazgo no hay incompatibilidad que no se haga compatible. Lo normal es ponerse de acuerdo, gruesos o flacos, de oro macizo o simplemente chapados o bañados en oro, más caros o más baratos, grabados por dentro o sin grabar, colocados en la mano derecha o en la izquierda, qué más da a la corta, y no digamos a la larga, cómo sean los anillos, lo que importa es la ilusión, quererse.

—¿La ilusión de quererse, has dicho? ¿Insinúas que quererse es algo ilusorio?

—Dios mío, ¡cómo has podido pensar que yo haya dicho eso! Quererse no es ilusorio, quererse es ilusionante.

—Ah, bueno. ¡Qué susto!

Luego vino el instante decisivo, ante Dios y ante el registro, de colocarse los anillos en la ceremonia nupcial. ¡Qué nervios! En las comedias del cine siempre pasa algo inesperado, pero esperable, en ese momento: un anillo que no entra en el dedo, y eso parece el síntoma de una resistencia inconsciente a dar el paso; el novio, que se ha olvidado, con las prisas, los anillos en casa, lo que también parece triste síntoma de que no se quiere casar; un anillo que cae al suelo, rueda y rueda, y va a parar fatídicamente a los pies de aquella amiga íntima del novio o de aquel antiguo novio de la novia, ya es casualidad.

Pero eso sólo pasa en las películas de risa. Nuestra pareja se colocó los anillos sin problemas, con gran seguridad y aplomo, en gesto firme y efectivo en sus respectivos dedos anulares.

Aclaremos aquí, para los que siempre ven la vida por el lado desagradable, que el dedo anular no se llama así en relación al concepto de anulación, sino, justamente, y como todos conocemos, porque es el dedo destinado al anillo. Anillarse mutuamente no es anularse, por favor. Desde que han quitado el latín de los planes de bachillerato, ya no sabemos el porqué de las cosas.

Nuestra pareja descansa en el sofá, tiempo después, pero algo turba su descanso. Y es que el descanso, como la felicidad, nunca es completo.

—¿Te puedo hacer una pregunta? —pregunta él.

Y sin esperar respuesta, para qué perder el tiempo, pregunta.

—Vengo observando, querida, que siempre llevas tu anillo de casada camuflado entre un par o tres más.

—Eso no parece una pregunta, parece una afirmación, mi amor.

—La pregunta viene ahora: ¿No será porque tratas de esconder tu condición de mujer casada?

—Eso parece una pregunta, pero, en realidad, es también una afirmación. Y muy grave, por cierto.

Ella explica entonces, con un tono de enfado más que perceptible, lo que explican todas en análogas circunstancias.

—Me encanta llevar anillos, lo sabes, y lo lógico es llevar los anillos en el dedo de los anillos, que es el dedo anular, según quedamos hace tiempo.

—Ya, pero también llevas anillos en otros dedos, a veces en cuatro a la vez, y, casualmente, tu anillo de casada nunca va en solitario, bien a la vista, en ninguno de los otros dedos, sino que va yo diría que escondido entre otros anillos.

—Pues yo diría que decir que va escondido es decir una majadería. Mi anillo de casada va donde tú me lo pusiste, cosa que no siempre se puede decir del anillo de casado que yo te puse a ti, que no es que vaya en otro dedo, sino que, sencillamente, a veces no va en ninguno.

He aquí cómo el símbolo de la alianza amorosa, qué digo el símbolo, la alianza misma se troca en motivo de guerra del sofá. Replica él.

—Tú sabes perfectamente que se me hinchan los dedos con el calor, que me molesta para dormir, y me lo quito, y, en ocasiones, se me olvida en la mesilla de noche, y sabes también que, con el sudor, me han dado alergias y urticarias en la zona del anillo. ¿Te parecen pocas razones para que, de Pascuas a Ramos, no lo lleve?

—Al contrario, me parecen demasiadas. Una buena razón basta para explicar la verdad, mientras que muchas sólo explican una mentira.

—Oh, cielos, tus palabras son muy profundas para mí a estas horas de la noche. ¿Por qué no pruebas a ponerles música?

Entonces ella, toma el mando a distancia y cambia a *Los 40 principales* de Canal Satélite. Ya está armada y bien armada. Él detesta *Los 40 principales* y, además, estaban en el descanso de *Brubaker*, una de sus películas favoritas, que sólo ha visto doce veces.

Ella va hacia la cocina, tras arrojar con desdén el mando sobre el sofá, y él la sigue. Esto no se va a quedar así.

—¡Esto no se va a quedar así! —subraya él—. Me viene como anillo al dedo tu torcido razonamiento sobre la verdad, porque tú, según confesión propia, ya has perdido dos veces tu anillo de casada. Una vez dijiste que fue por quitártelo para una sesión de bronceado con lámpara y, otra vez, porque los anillos pitaban en el detector de metales de Barajas y ni un regimiento de la Guardia Civil, con perros de la brigadilla anti-droga, consiguieron localizarlo por el suelo.

—¡Yo no dije semejante tontería! —grita ella exhibiendo peligrosamente un vaso de Zumosol melocotón-uva.

—Bueno, lo de los perros es de mi cosecha. ¿Lo ves? A mí no se me caen los anillos por reconocer la verdad.

Ella se mete en el baño, a ponerse el camisón, dándole a él un portazo en las narices, al tiempo que grita:

—¡Qué manía con los anillos, chico!

Al otro lado, con la cara pegada a la puerta, él insiste en vociferar.

—¡Es verdad, a mí no se me caen los anillos por...!

Ella abre la puerta de improviso.

—¡A ti lo que se te cae es el pito, cretino!

A punto de estallar, él se contiene, pero se lleva furioso una mano a la otra con intención de arrancarse el anillo y lanzarlo por el balcón más próximo. Y descubre, con horror, que no lo lleva puesto.

3. LA BATALLA DE LOS PELOS

En caída libre

Un pelo en la sopa da para un chiste del TBO. Un pelo en el lavabo puede activar un proceso de divorcio. Siempre que uno esté hasta los pelos de los pelos del otro. Y de más cosas, hay que suponer.

En la hora primera de los latidos rápidos del corazón, el pelo, la cabellera, la melena del otro, enamoran. Los poetas saben de eso: acariciar, besar, rastrillar, hasta conservar un mechón de sus cabellos, como cantaba Adamo.

El marqués de Leguineche guardaba religiosamente, en frasquitos etiquetados, muestras del pubis, angelical o no, de sus conquistas. Como si fuesen reliquias de santos. Va en gustos, y ahora en los anuncios de contactos se ve que tiran mucho las mujeres rasuradas.

Pero esa fase nupcial tiene una vigencia limitada: cuando el pelo del otro se convierte en «los pelos» del otro, malo.

Los pelos, como tantos argumentos de la guerra

del sofá, alimentan reproches que ella y él se han dicho mil veces.

—He encontrado pelos en el lavabo —dice él sin elevar el tono.

—¿Y cómo sigue? Parece el arranque de una novela de misterio —se defiende ella con la ironía.

—He encontrado pelos tuyos en el lavabo, quería decir —se aviene a aclarar él con pacífica parsimonia.

—Pues ya tenemos una noticia en un día sin noticias. ¡Estupendo! —ella sigue a la defensiva.

—Por favor, no dejes tus pelos en el lavabo. Ni en la taza del retrete. Ni en la ducha, que se atasca. Te he comentado más de una vez que me resulta desagradable ver pelos tuyos por todas partes.

—¿Por todas partes? ¿Has visto pelos míos en la nevera, o en la pantalla del televisor, o enredados en las macetas? ¡Por todas partes! ¿No será que ves visiones?

Hay que echar agua hasta que se vayan por el sumidero. Hay que tirar de la cadena. Hay que hacer lo que sea, bien poco cuesta, para que el otro no encuentre en la bañera esos pelos que flotan como ahogados, para que el otro no encuentre en el lavabo esos pelos que son como muertitos en un campo de cadáveres tras la batalla, ese ovillo de pelos largos tras el cepillado femenino, esos pelos huérfanos por aquí y por allá tras peinarse o ducharse.

—Pues si hay que hablar de pelos, se habla. ¿Qué opinión tienes tú, querido, de ese sembrado de pelos cortos y negros que dejas en el lavabo después de afeitarte?

—¡Son más resistentes al agua! —replica él—. Intento que se vayan, pero no se van.

—¿Lo intentas? ¿Cómo? ¿Les hablas con dulzura, les pides por favor que se disuelvan? Son miles y miles.

—Déjalo en centenares.

—Centenares de pelos, sí, incrustados, para colmo, en una especie de mousse de jabón. A veces tiene el aspecto de una espuma de nata escarchada y espolvoreada de chocolate negro. ¡Muy apetitoso! ¿El jabón tampoco responde a tus órdenes?

Con el pelo, decíamos, todo va bien al principio, pero, cuando ya no va tan bien, puede ir mucho peor por los pelos.

No digamos por los pelos de terceros, esos pelos que aparecen en la chaqueta, en el jersey o en la blusa del otro, y que no tienen ni la longitud, ni el color de los pelos de su propietario.

—Tienes un pelo muy largo sobre tu camisa, querido. Te lo digo para que lo sepas.

—¿Qué insinúas?

—No insinúo nada, pero afirmo que ni es tuyo ni es mío.

—¿De quién será?

—Puede que lo haya perdido alguien y que lo esté buscando. Tal vez sea un recuerdo de familia. Deberías hacer algo.

—Ah, sí, ya caigo. Hoy era el cumpleaños de

Sonia y ha dado un aperitivo en la oficina. Todos la hemos besado, como es lógico. ¿No te parecerá mal? Este pelo será suyo, me lo habrá pegado.

—Una explicación muy completa, sí señor. Ten cuidado con esa Sonia, que hoy te ha pegado un pelo y mañana te puede pegar cualquier cosa.

Y es que los pelos tienen que estar en su sitio adecuado. No es bueno, para muchos gustos de mujer, que al hombre le falte pelo en el pecho y puede ser muy malo que se vaya quedando calvo.

Y es peor, si cabe, para el gusto masculino, que las mujeres tengan pelo sobre los labios, o en las mejillas, o en las piernas.

—¡Qué piernas más bonitas tienes, querida!

—No te andes con rodeos, suéltalo ya.

—No, en serio, te estaba mirando las piernas y estaba pensando en que las tienes muy bonitas, de veras.

—Desembucha, te digo.

—No, lo único, que me parece que hace algún tiempo que no te las depilas.

—¡Acabáramos! No tengo tiempo.

—¿Pero no hay ahora unas cremas depiladoras instantáneas que van muy bien?

—No tengo tiempo de ir a comprarlas.

—Depilarse ya no duele, ¿verdad? Tengo entendido que esas cremas son indoloras y que...

—Lo que yo tengo pero que muy entendido es que si los hombres tuviérais que depilaros con cera ardiendo, iríais todos como los osos.

—¡Cuanto más peludos más hermosos!

—¿Y eso quién lo dijo? ¿Una osa? Los pelos que te salen a ti por la nariz a mí no me entusiasman, y me aguanto. ¿Has oído hablar de un sencillo artilugio que se llama pinza?

—Las pinzas de la ropa, sí.

—Las pinzas de la ropa, no.

—Ah, ya sé por dónde vas. Yo me los corto con las tijeritas.

—Las tijeritas, las tijeritas. ¿No sabes tú que si te cortas los pelos con las tijeritas te salen con más fuerza?

—¡Ahora me entero!

—Se te nota.

Qué importancia, la del pelo. Definimos a las personas por el color de su pelo, rubias, morenas o pelirrojas. Sus formas y moldeados dan pistas de identidades sociales, políticas y religiosas, de creencias e ideologías.

Lociones, colonias, tintes, champús, pelucas, postizos, implantes, diademas, cintas, horquillas y utensilios varios avisan que hemos creado una industria, una artesanía, una ciencia, una estética, una farmacopea, un comercio y todas sus modas a cuenta del pelo.

Hasta para ir a la silla eléctrica o a la cárcel para siempre puede ser decisivo un triste pelo fuera de sitio si es el pelo del criminal junto al cadáver.

Millones de personas se ganan la vida con el pelo de los demás desde que Sansón la perdiera al perder el suyo.

No es, por tanto, de extrañar que los pelos aviven la guerra del sofá. Que se nos pueda caer el pelo por un pelo.

Escribió Pablo Neruda en uno de sus sonetos de amor: «Yo no quise para mí tu cabellera./ Y de todos los dones de mi patria/ sólo escogí tu corazón salvaje.»

El poeta sabía que los pelos traen más líos que un corazón salvaje. Que ya es decir.

4. LA BATALLA DE LA SUEGRA

¡Por tu madre!

Las suegras han perdido popularidad, entidad, presencia y fuste. Tan esperanzador fenómeno, indicador de que la sociedad no siempre evoluciona a peor, se debe a varios factores del máximo interés.

Las suegras, que antes fueron nueras en épocas de suegras puras y duras, han recapacitado, por lo sufrido en carne propia, sobre los estragos y destrozos que se pueden derivar del ejercicio de su cargo en plenas facultades y según los viejos usos.

Fruto de tan meritoria reflexión y toma de conciencia, han adelgazado su papel, han disminuido su función y han tomado prudente y agradecible distancia. Honradas sean por ello.

Un velo de pudor las oculta y desdibuja aún más su temido perfil. Todo el mundo entiende que las suegras, sean como sean, son un vestigio de rancias tipologías y costumbres del pasado, de una promiscuidad familiar que ya no se da en las condiciones de la vida moderna, y no digamos posmoderna, caracterizada por una mayor independencia y un mayor desarraigo, sólo vulnerados en situaciones de necesidad extrema, es decir, cuando no queda más remedio que echar mano de ellas para cuidar de los niños.

Las suegras, en efecto, son personajes de un costumbrismo doméstico, de una apolillada comedia de la vida que nadie quiere volver a protagonizar, sólo sea por razones estéticas.

A las suegras les ha caído también una pequeña pedrea de las conquistas femeninas en el terreno del empleo del lenguaje políticamente correcto, de modo que llamar suegra a la suegra, por lo que tiene de tradicionalmente despectivo, es un modo de denigrar alícuotamente a la mujer en general, cosa que nadie en su sano juicio quiere hacer sin exponerse al repudio de los biempensantes de todos los sexos.

Los suegros, pobrecitos, los varones, digo, nunca habían dado mucho que hablar, aparcados en sus sillones orejeros con el periódico en las manos o entregados al dominó y otras inocentes diversiones de bar, pero las suegras, todo hay que decirlo, han visto también las orejas al lobo del asilo.

No habrá anciano en España, ni adulto con la cabeza sobre los hombros, que no sepa a estas alturas que el asilo, la perifrástica residencia de la tercera edad, va a ser, tarde o temprano, su destino natural, su fin de carrera.

Las suegras, que piensan mucho porque no ven tanto fútbol, han colegido que una mayor discreción por su parte puede tener el benéfico resultado de no precipitar los acontecimientos.

No tenemos suegras, como quien dice, pero tenemos a «mi madre» y a «tu madre», que, en la guerra del sofá, dan jugo y juego a la electrizante vida de pareja.

—Mi madre dice que...

—Pues tiene toda la razón.

—¡Pero si aún no te he dicho lo que dice!

—Es igual. Tu madre siempre tiene toda la razón.

—¿Ya empezamos?

—Por mí, terminamos.

Él ha estado muy borde interrumpiendo. Lo reconoce para sus adentros mientras, desorientado, se sume en la lectura atenta de las cotizaciones de bolsa, por hacer algo, y bien entendido que la bolsa le importa un pimiento. Pero es que él sabe que, diga lo que diga la madre de ella, la discusión será inevitable.

Ella traga saliva, hace de tripas corazón y vuelve a la carga.

—Mi madre dice que podríamos...

—Cuanto tu madre dice que podríamos, lo que está diciendo es que deberíamos. ¿Lo sabes, verdad?

—¿Hablas de mi madre o de la tuya?

—No metas a mi madre en esto, porque mi madre, que yo sepa, esta noche no ha dicho nada.

—Esta noche, no, pero esta tarde ha llamado para decir que ha descubierto una bollería en la que hacen un pan de molde integral buenísimo...

—¿Y qué tiene eso de malo? Los médicos recomiendan el pan integral para combatir el cáncer de colon y evitar el estreñimiento. Debería interesarte.

—¿Debería?

—Podrías interesarte —él carraspea.

—¿Me estás llamando estreñida?

—Bueno, las chicas, ya se sabe, tenéis mayor dificultad para ser regulares en eso... Tú misma te quejas de que...

—O sea, que tu madre ha llamado preocupada por mi estreñimiento, según tú.

—No tengo la menor duda. Mi madre siempre se preocupa por ti, aunque tú no le haces ni caso. A diferencia o, cómo decirlo, al igual que tu madre, que sólo se preocupa por ti también.

—¿Ah, sí? ¿Y quién llamó para recomendarte esas pastillas contra los ronquidos?

—Tu madre, en efecto. Pero es que a tu madre no le importaban mis ronquidos, ni sus consecuencias negativas sobre mi aparato cardiorrespiratorio, sino que lo que le preocupaba, clarísimo, es que mis ronquidos no te dejen dormir a ti. Ella ignora, por cierto, que tú roncas tanto como yo, pero yo me he abstenido de darle a mi madre semejante noticia.

—Primero me llamas estreñida, luego me acusas de que ronco...

—No te acuso de nada. Te comunico un dato constatable.

—¿Se puede saber qué has cenado hoy?

—Lo sabes perfectamente: tortilla. Una de esas tortillas con sal que tú haces.

—Era de jamón.

—De jamón salado.

—¡El jamón siempre tiene sal!

—Efectivamente, por eso, y como te he dicho mil veces, se trata de abstenerse de echar una taza de sal al huevo cuando va acompañado de jamón. Pero, como ése es un consejo que te dio una vez mi madre, te obstinas en no seguirlo.

—Tu madre no da consejos, cariño, tu madre da normas de obligado cumplimiento.

—Pues no se nota.

—No se nota porque las órdenes de tu madre yo me las paso por...

—¡No lo digas, no lo digas! Evitemos, en lo posible, la grosería.

Ella se desespera. Él está francamente borde, tan borde que él mismo se da cuenta.

—Bueno, va, no nos pongamos así por una tontería. Lo siento, cariño. Me decías que tu madre había dicho que...

—¡Que te jodan!

Y es que el binomio «mi madre-tu madre» es una bomba debajo del sofá, causa de una guerra con imprevisibles efectos colaterales, una guerra expansiva que agrede con su metralla a todo lo que se mueve en su radio de acción. E, incluso, a lo que no se mueve.

—Decir que mi madre sólo se preocupa por mí, qué morro tienes. ¿Quién te regaló —ella señala con un dedo— ese mueble para tus compactos?

—Tu madre, que también me regaló una colección

de compactos de ópera que me ocupa un tercio del mueble, cuando sabe que a mí no me gusta la ópera.

—A ti no te gusta nada de lo que te regala mi madre.

—¡Quién habló! Mi madre te regaló por tu cumpleaños un neceser de cubierta dura, y aún no lo has usado una sola vez.

—¡Es que no me gustan los neceseres de tapa dura! Me hacen sentirme una puta sadomasoquista camino de casa de un cliente.

—Pues tu madre tiene uno.

—¿Un neceser?, ¿un cliente? ¿Estás llamando puta a mi madre?

—Están llamando al teléfono, ¿no oyes?

—Coge tú, será tu... madre.

—Coge tú, será la tuya... más.

Las suegras, como ya dijimos, casi no existen. Pero existen las madres, claro. Y a las madres del otro y de la otra se les sigue llamando suegras en el exterior. Decir, por ejemplo, «la madre de mi mujer», con lo largo que queda, no compensa de las molestias cuando se puede decir «mi suegra», y todo el mundo se hace cargo. Y eso que se decía antes, tan cursi, «mi madre política», no tiene ningún sentido, porque las suegras son lo más opuesto que existe a la política.

Si la política, según definición no superada, es el arte de lo posible, las suegras están llamadas al arte de lo imposible: vivir y dejar vivir.

5. LA BATALLA DEL HUMO

Los estragos del tabaco

El tabaco perjudica seriamente a la pareja. A una pareja, bien entendido, en la que ambos sean fumadores. Si solamente fuma uno, mejor ni hablar del asunto. Esa no sería una guerra del sofá, sería, es, la guerra de Troya.

Por el humo del tabaco se ha sabido hasta hace poco dónde estaba el fuego de la pasión. De Marlene Dietrich y Lauren Bacall a James Dean y Humphrey Bogart, el cine nos enseñó, entre hombres duros y mujeres fatales, el irresistible atractivo de los fumadores con estilo.

Extendiendo oportunamente una mano con una cerilla o con un mechero, fuera con lentitud o con energía, comenzaban en la pantalla y en la vida muchas historias de amor.

En la cama, después, muy revueltas las sábanas, sobre las brasas de los cuerpos, tenían que elevarse preceptivamente las columnas de sendos cigarrillos.

Pero esa fusión intensa del tabaco y del amor se ha desgastado, quizá de tanto usarla. Y, ahora, según parece, está mal visto que las estrellas de la pantalla fumen a la luz de la luna.

—Podrías fumar para otro lado, por favor. Me está viniendo todo el humo a la cara.

—Será que tienes un imán de humos en la nariz.

Esto es lo que queda, con el tiempo, de tanto placer sensual, el comienzo de una discusión mortal. Fumes como fumes, incluso calculando la orientación del viento, haya o no haya viento, el humo de tu cigarrillo siempre le va al otro a la cara. Y le molesta, vaya si le molesta.

Fumarás inclinado hacia atrás en un extremo, fumarás con medio cuerpo fuera del sofá y a punto de caerte de espaldas, colocarás el brazo en alto... Inútil. Hagas lo que hagas, el humo de tu cigarrillo se dirigirá implacablemente hacia su cara. De este modo, te reprochará tu poca atención, tu descuido, incluso tu afán deliberado de molestar.

—Le está yendo todo el humazo al niño.

—¡Si no tenemos niño!

—¡Eso mismo le va a salvar!

Es la otra posibilidad, que el humazo (antes, humo) le esté yendo todo al niño, el cual, a partir de cierta edad, al oír el comentario, hará como que tose, el muy cabrito. Para acabar de arreglarlo.

—¿Lo ves? El niño se ahoga.

—El niño es ecologista, como todos los niños. Finge ahogarse con el humo, aleccionado por ti y por sus profesores, pero soporta a la perfección el veneno de las chucherías que se mete cada día entre pecho y espalda.

Llegamos a preferir que nos lancen un cenicero a la frente, tirando a dar, antes que encontrarlo allí, sí, con ese cigarrillo mal apagado que humea y apesta la habitación, síntoma de culpable negligencia.

—¿Podrías apagar bien tu cigarrillo? Me está atufando.

—No te atufes, amor, que no conduce a nada.

—Pues apaga bien tu cigarrillo.

—Lo he intentado, pero este cigarrillo es un irreductible. Busca, como tú, hacerse notar.

—Ya lo noto.

—¿Qué notas?

—Que me asfixio.

—¿Te hago la respiración boca a boca o llamo directamente a los bomberos?

¿Y qué decir de esos ceniceros rebosantes de colillas? Parecen fosas comunes con esqueletos apilados. Lo hemos dicho mil veces: fuma lo que quieras, pero vacía los ceniceros. Ni caso.

—O, por lo menos, abre la ventana, que ventilar no cuesta nada.

—Entra el frío.

—¡Pero si estamos en agosto!

—Eso digo yo, que el tiempo se ha vuelto loco.

Ahí están las colillas de él, chupeteadas y mordidas, medio mojadas y arrugadas. Hay que ver cómo fuma este tío. Y las colillas de ella, en otro tiempo tan excitantes por el rojo del carmín, ahora parecen algodones con sangre. O una ensalada de rábanos caducados, no se sabe lo que es peor.

Y la ceniza, que servía para limpiar la plata y los dorados, ahora sólo sirve para ensuciarlo todo. Ceniza sobre un plato con sobras de la comida, ni se te ocurra. Ceniza en la moqueta, Dios mío. Ceniza sobre el parqué, ni que fuera una trampa que has puesto para que se pille un pie. Ceniza en el sofá, qué pesadilla, esa ceniza sobre el sofá que, al intentar retirarla con la mano, se extiende, impregna y forma una fatídica mancha negra que delata tu indolencia y tu zafiedad.

—La ceniza se retira muy bien con un carné.

—Es que yo lo tengo caducado.

Una quemadura, en cualquier parte, es como la huella de una bala que quiso ser asesina. El rastro de un crimen imperfecto. Pero una quemadura sobre la ropa que te regaló es el acabóse y la primera noticia del precio que costó.

—O sea, que me gasté quince mil pesetas en esa camisa para que tú te dediques ahora a quemarla, ¿verdad?

La marea amarillenta avanza por todas partes, por sus uñas de coral, por sus dedos de pianista, por las perlas de sus dientes. La nicotina oscurece toda belleza.

—Te estás volviendo amarillo.

—Tendré hepatitis.

Y el perfume de su boca es simple mal aliento de vagabundo alcoholizado con Don Simón.

—¿No sabes que se han inventado las pastillas Smint? Deberías ir al médico, he oído decir que a los diabéticos les huele el aliento.

Te dejará usar sus calcetines, pero no se te ocurra acabarte en su ausencia ese paquete de tabaco que has encontrado en su lado del sofá.

Y si tomas prestado su mechero, más te vale devolverlo a su sitio a la mayor celeridad.

—¿No tenía yo aquí un mechero?

—Era horroroso, de propaganda. Por cierto, ¿cuándo has estado tú en Casa Tiburcio?

—¿Yo? Nunca. Ese mechero me lo dio alguien de la oficina.

—Ya.

Mal momento para toser, para carraspear o para pelear con una flema en la garganta.

—Deberías fumar menos.

—¡Anda que tú!

6. LA BATALLA DE SALIR DE NOCHE

¿Qué horas son éstas?

La vida oficial de una pareja, si media matrimonio reglamentado, comienza una noche, la noche de bodas, que ha perdido, por razones obvias, buena parte de su eficacia, pues lo frecuente ahora es llegar a ella con los deberes hechos y la nota adjudicada.

De cualquier manera, la noche de bodas es la única, entre las muchas noches que ella y él vivirán, en la que están garantizados, salvo casos de fuerza muy mayor, los mismos horarios, la concurrencia de ambas partes en el escenario de su acción compartida, los mismos hechos a la misma hora. Después, no siempre se coincide tanto.

—Ah, se me olvidaba, esta noche voy a salir.

—¿Esta noche? Si ya son las nueve, querrás decir que vas a salir *ahora.*

—Voy a salir ahora, sí, lo cual significa en definitiva, como bien decía, que voy a salir esta noche.

—Poco más y no sólo se te olvida decírmelo, sino que casi se te olvida salir.

—Es que no me apetece mucho, la verdad. Se ha empeñado Álvaro Luis en que tomemos una copa...

—Siempre que sales de noche, querido, es porque alguien se empeña, y nunca te apetece. ¿No te parece curioso? Debes de sufrir mucho cuando sales de noche.

—Ahora que lo dices...

—Sin embargo, cuando yo me empeño en que salgamos juntos, nunca lo consigo. ¿Por qué será?

—Porque no me suele apetecer. No me negarás que soy coherente hasta cierto punto.

—Hasta un punto más bien incierto, diría yo.

Él y ella, durante sus largos años en el domicilio paterno, han llegado a interiorizar que la noche está llena de peligros. Siendo adolescentes, siendo jóvenes, lo negaban y pugnaban, con éxito creciente, por conseguir el permiso de su padre, pero ahora, cuando el otro va a salir, cómo decirlo, ella se comporta como un padre para él y él como un padre para ella.

—No vengas muy tarde, que mañana te sentirás fatal. No fumes mucho, que te dará la tos. No te pases de copas, que te pones de pena. ¡Y pórtate bien, eh!

Tanto decir a mamá aquello de que vaya manía con la noche, noche de perdición, si todo lo que se puede hacer de noche, mamá, también se puede hacer de día y, ahí los tenemos, pensando a estas alturas como mamá, pero con más disimulo.

—Cenarás en casa, claro.

—No, no. Picaremos algo por ahí.

—Ten cuidado con dónde picas.

—¿Te pica que pique?

—Me pica que piques cuando resulta que yo había comprado un poco de foie para hacerlo a la plancha con salsa de uvas.

—¡Vaya por Dios!

Siempre que él va a salir de noche, da la casualidad de que ella ha comprado algún manjar para una cena especial. No falla.

—Yo creía que íbamos a ver juntos *Brubaker.*

Vuelven a poner *Brubaker* en otra cadena y, siempre que ella va a salir, él lamenta que no vuelvan a ver juntos *Brubaker.*

—Es que he quedado con las amigas del colegio.

—Tu colegio era mixto, si no recuerdo mal.

—Sí, pero hemos quedado sólo las tías.

—Qué pasa, ¿érais un poco lesbianas todas o qué?

—¡Imbécil!

—¿No tuviste hace un mes, precisamente, la cena de tu promoción?

—Sí.

—¿Y te promocionaste mucho?

—Oye, guapo, que yo no me meto con tus cenas de ovetenses en Madrid.

—Los ovetenses en Madrid somos una piña, pero no cenamos todos los meses.

—Un mes sí y otro no.

Llegado este momento, lo normal es empezar a echar cuentas. La memoria de ambos, en este campo, es prodigiosa. Los dos recuerdan con pelos y señales todas las veces en el último año que el otro ha salido de noche: cuántas, con quién (se supone), por qué motivo y, sobre todo, hasta qué hora.

Y es que duele quedarse solo en el sofá. Uno está hecho a la compañía del otro sobre la tapicería y, aunque en su ausencia pueda ver el canal que quiera, poner la música que quiera o leer la revista que quiera, pues, no se sabe por qué, no acaba de hallarse bien a solas.

—No me esperes levantado, que no sé cuándo vendré.

—Yo sí sé cuándo no vendrás.

—¿Cuándo no vendré?

—Pronto.

—¡Quién habló! La última vez que tú saliste, volviste a las seis.

—¿De la tarde siguiente? ¡Falso!

—De la madrugada, no te hagas el loco.

—Estuvimos hablando.

—¿En un banco de la calle? A esas horas, sólo están abiertos los bancos de la calle, aunque los otros, desde luego, están a punto de abrir. ¿O es que estuviste hablando en un *after hours*? Mal sitio para hablar, desde luego.

—Uno habla donde puede.

—Uno habla cuando quiere y con quien quiere, porque conmigo, lo que es, hablas muy poco últimamente.

—¿Y, ahora, qué estamos haciendo más que hablar?

—Ahora estamos haciendo frases para buscarnos las cosquillas.

—¿Cosquillas?, ¿dónde tienes tú cosquillas, eh?

El amor es lo que tiene, siempre uno u otro saben encontrar la oportunidad para la distensión, la salida adecuada para que no crezca y ahogue la marea negra de los reproches y del mal rollo. Él le hace cosquillas a ella, en los costados, y ella se ríe compulsivamente. Acaban besándose sobre el sofá, y él hasta pone una mano donde no debiera.

—Tú, lo que quieres es que no me vaya, bandido.

—Claro que no quiero que te vayas, si estoy a cien, ¿o es que no lo ves? —susurra él.

Ella se libra de él gracias a un sobrehumano empujón, se pone en pie de un salto y se alisa el vestido de Zara con gestos contundentes.

—¿A cien? ¡Já! Tú no quieres que me vaya porque te jode que salga de noche y punto.

Ella se dirige hacia la puerta de la calle, que alcanza sin problemas.

—Ya te digo, no me esperes levantado: ¡espérame sentado!

El doble sentido de esta frase hace mella en él, que le responde con evidente desproporción:

—¡Muchos recuerdos al Putiferio de Lesbianas Menopáusicas y a sus Enanos Eunucos!

Y añade con convencimiento:

—¡Por si aparece alguno!

Pero ella, a Dios gracias, no le oye, ya está en el ascensor. No conviene insultar nunca con frases tan largas y complicadas. No se entienden.

Él se irá a dormir pronto, y mirará el reloj en el último momento: las doce y no ha venido. Permanecerá atento, sin pegar ojo, hasta el instante en que escuche el ruido de la llave en la cerradura. Entonces, encenderá la luz rápidamente, comprobará el reloj más rápidamente y volverá a apagar la luz a la velocidad de la luz: las doce y media.

Pobrecilla, pensará para sus adentros, si es como la Cenicienta. Pese a todo, cuando ella entre en el dormitorio, el muy cabrito se hará el dormido.

—Ayer vine muy pronto, mi amor —dirá ella en el desayuno.

—Conste que no me consta —responderá él.

Y la batalla del día volverá a empezar.

7. LA BATALLA DE LA ROPA

¿Me hace culo?

Ni la cabeza, como decía mi padre, ha de usarse sólo para peinarse ni la ropa sirve sólo para abrigarse. De sobra lo saben los enamorados, que, en la encantadora prehistoria de sus relaciones, se visten con mucha intención, con la intención de complacer y seducir al otro. Luego, las cosas cambian.

Puestos en lo mejor, lo normal sigue siendo vestirse a favor del otro, según su gusto, y matizando el propio, para agradarle. Pero, incluso en tan buena suposición, un dardo se puede escapar, vez tras vez, o en ocasión señalada, si el otro no aprecia la magnitud del esfuerzo.

—¿No me dices nada?

—Nada.

—Déjate de chistes de colegio.

—¿Qué te tengo que decir?

—Nada, nada. Que Santa Lucía te conserve la vista.

—¡Para lo que hay que ver!

Ella se ha puesto un vestido nuevo, comprado con la intención sincera de agradarle. Pero él no se ha enterado de la novedad. Y eso duele.

Las fiestas, las cenas con los amigos y las copas que exigen cierto copete son momentos que los carga el diablo. Suele haber prisas de última hora, cierto estrés anticipado. Y lo paga la ropa.

—¿Vas a ir así?, ¿de verdad que te vas a poner eso?

—¿Qué le pasa a esto?

—Pues que no te pega, que no te va nada.

Ya se ha armado. El otro, como poco, se cambia a toda pastilla con mucha gesticulación y mucho aparato, y ya tenemos noche de morros a la vista. O todavía peor.

—¿Sabes lo que te digo? Que yo no voy.

Para no tenerla, se aconseja preguntar. Pero preguntar por la ropa de uno que el otro prefiere no siempre garantiza la paz. El consultado tiene miedo a decir la verdad, por si se arma, y no decir la verdad por miedo genera una frustración que emponzoña el ambiente. Y las verdades a medias, en este terreno, no funcionan.

—¿Que qué me parece? Bien, bien, aunque quizá ese vestido te queda muy escotado.

—¿Muy escotado?

—O yo veo doble, no sé.

—Tú ves lo que quieres ver cuando lo quieres ver. Sonsoles tiene un vestido igual que éste, y bien que la miras y la remiras. ¿Por qué admites que las demás lleven ropa que a mí no me admites?

—Admito que es una buena pregunta.

—Lo bueno sería la respuesta, pero no tienes respuesta.

Ella acaba de comprender, pese a todo, que con ese vestido no le gusta nada a él, y va y se lo quita con notable enfado, y entonces va él y dice:

—Oye, bonita, me has preguntado y te he dado mi opinión. Si me preguntas sólo para que te diga que muy bien, pues mejor no me preguntes.

Otra posibilidad es que ella no se cambie de vestido. A ella le gusta, y punto. Entonces, antes de llegar al ascensor, él habrá dicho:

—No sé para qué me preguntas si luego haces lo que te da la gana.

Y es que la ropa es muy importante en el ecosistema de la pareja. No es sólo cuestión de estética, su función no se agota en el campo del gusto o del gustar.

La ropa afirma o contradice, de ahí los problemas, la personalidad que anhelamos o lamentamos en el otro. Nos gustaría que el otro, como persona, fuera más sobrio, más serio, más espiritual, más sexy, más animado o más frívolo. O menos. Según. Y la ropa, su ropa, nos está diciendo que no, que no hay manera, que el otro es como no nos gusta que sea.

No estamos contra su ropa. Estamos contra el modo de ser que refleja su ropa. Y eso es más gordo.

Ahora bien, lo peor de lo peor siempre viene por la ropa que se regala. Le compramos ropa con toda nuestra ilusión, o por cumplir, que lo mismo da a estos efectos, y resulta que no es de su estilo.

—De sobra sabes que no me gusta el ante.

—¿No era la napa?

—Es que no te enteras.

O le queda demasiado pequeña o demasiado grande.

—Parece mentira que aún no te sepas mis tallas.

O es demasiado cara.

—Oye, tú, que no estamos para estos gastos.

O es demasiado barata.

—La próxima vez puedes ir directamente a las rebajas.

Si está de Dios que haya guerra, guerra habrá.

Y, por múltiples procedimientos, la ropa puede tener un comportamiento bien curioso: aparece, desaparece y se transforma.

La ropa es mutante, sí. Le regalamos una camiseta y, a los tres días, se ha convertido en un jersey. Fue a cambiarla, claro, y se compró un jersey cuando le hemos dicho mil veces que los jerseys le hacen culo. Pero como si nada.

—Ese jersey, como todos, te hace culo.

—¿Me hace culo?

—Sí.

—Así estamos iguales, mi amor, porque tú ya tienes culo de por ti, con o sin jersey.

No se pone nunca la ropa que le regalamos, pero un buen día, para colmo, esa falda desaparecida la lleva Adelina, la mujer de la limpieza.

—A mí me venía ancha, no te lo quise decir. No te importa que se la haya regalado a Adelina, ¿verdad?

—Yo no trabajo como un negro para sufragar el vestuario de Adelina.

—¿Y qué sugieres?

—No sé... Si yo te regalo una ropa que no te gusta o que no te viene bien, podrías donarla a una ONG.

—Es que me regalas cada cosa... Lo pensaré. ¿Conoces Adefesios Sin Fronteras?

En fin, que como mejor estamos los unos con las otras y las otras con los unos es desnudos. La ropa sobra cuando se está caliente.

8. LA BATALLA DE LA BASURA

¡Qué desperdicio!

—Te toca.

—No me toca, es día par.

—Te recuerdo que hace tiempo que abandonamos el sistema de pares e impares, y lo sustituimos por el sistema de días alternos de la semana.

—¡Qué chorrada! ¿No viene a ser lo mismo?

—Eso dije yo, pero la idea fue tuya. Hoy es miércoles, te toca.

El portero automático, una cosa que no hace es bajar la basura. Y ahora casi todas las casas tienen portero automático en lugar de portero antipático, de modo que todos los días toca bajar la basura.

Es un momento de nada, tres minutos escasísimos en el ascensor, pero, no se sabe por qué, ese momento se hace eterno y no apetece ni pizca. Es como cuando esperas al ascensor mismo. ¿Qué puede tardar en llegar un ascensor cuando lo llamas? ¿Un minuto? Pues parece que fuera una hora.

—Es que estoy en zapatillas.

—Yo también estoy en zapatillas, y, además, no me toca.

Estar en zapatillas es, en realidad, un estado mental, es estar cansado al final del día, relajado, entretenido con cualquier cosa en el sofá y, en definitiva, sin ganas de bajar la basura, te toque o no te toque.

—Son sólo las diez.

—Ya han puesto los contenedores.

—Sí, pero el camión de la basura no pasa hasta las cuatro de la mañana.

—¿Vas a esperar hasta las cuatro de la mañana?

—No. Voy a esperar hasta la primera pausa publicitaria.

—En la primera pausa publicitaria querrás hacer pis, ponerte un Cola-Cao y llamar a tu madre. No vas a tener tiempo de hacer todo eso y, además, bajar la basura.

—Eso es asunto mío.

—Es verdad, porque hoy te toca.

—¡Me estás tocando la... moral, tanto que si me toca y me retoca!

—Lo siento, pero es que te toca.

Lo peor de bajar la basura, lo que explica el nulo entusiasmo que tal cometido suscita en la pareja, no es el acto en sí. Lo peor es enfrentarse en la cocina al cubo en el que está depositada la bolsa y comprobar que, una vez más, la bolsa está excesivamente llena, sobrada de sobras, de modo que no se puede hacer el nudo de cierre con comodidad.

Hay que buscar otra bolsa, vaciar en ella parte del contenido de la primera y proceder al cierre de ésta y a la correcta colocación de la nueva. Todo eso, entre los vahos provocados por alguna naranja enmohecida y las cabezas putrefactas de unas gambas, resulta francamente desagradable.

Para mayor calamidad, en el curso de esta operación, se constata una vez más que los restos de la ensalada fueron vertidos a lo loco, de modo que el aceite-vinagre sobrante en cuencos y platos se ha filtrado a través del débil plasticucho de la bolsa del híper y guarrea y emponzoña el fondo del cubo y, fatalmente, las baldosas del suelo en las que se acaba de colocar la bolsa saliente.

Habrá que buscar, como mínimo, una servilleta de papel para refrotar de mala manera las baldosas y se presentará un enojoso problema de conciencia con el fondo del cubo: ¿se refriega también con el consiguiente incremento del asco o se deja como está, con culpable incuria, a la espera de la intervención semanal de Adelina, la limpiadora, y a sabiendas de que provocará malos olores y la contaminación lúbrica del culo de la siguiente bolsa?

Todo esto pone de muy mal humor. El responsable de la bajada de basura del día, tras haber procedido a solventar a su criterio estos problemas y dudas, pasa factura, bolsa en mano, al otro que, ajeno a lo que se le avecina, se solaza en el sofá mordisqueando galletitas holandesas.

—Te he dicho mil veces que las bolsas de basura no se llenan hasta reventar, porque entonces no se puede hacer el nudo.

—A mí qué me cuentas, la habrás llenado tú.

—¿Y quién ha echado al buen tuntún el aceite-vinagre de la ensalada en la bolsa? ¿Yo?

—Sí, tú.

—Has sido tú, porque hoy te tocaba a ti retirar los platos de la mesa.

—¿Y quién se empeña en arrojar a la basura las pilas usadas cuando recomiendan echarlas en depósitos especiales?

—Dices «arrojar» como si yo estuviera tirando piedras contra el cubo en vez de pilas en la bolsa.

—No te vayas por la tangente, que tú eres especialista en irte por la tangente.

—No hablemos de especialidades, que tú tienes varias.

—¿Ah, sí?

—Sin salir de este transcendental terreno, ¿quién se obstina en tirar a la basura las botellas de cristal cuando el ayuntamiento ha instalado en la calle contenedores al efecto?

—El alcalde me cae de puta pena.

—¡Menudo argumento!

Hay personas entusiastas de las normativas municipales bajo la presunción de que representan fronteras del desarrollo. El reciclaje, el aprovechamiento de residuos sólidos y todo eso. Estas personas tienden a ser observantes estrictos, podría decirse que fundamentalistas, de las reglas del ayuntamiento, pero no siempre con el ánimo de recorrer un particular camino de perfección, sino para disponer de una herramienta más con la que zaherir al otro.

—Hay bolsas reglamentarias, y tú te empeñas en seguir poniendo las bolsas de El Corte Inglés.

—Las bolsas de El Corte Inglés son estupendas, de lo más resistentes, y tienen asas para hacer los nudos maravillosamente.

—Son ilegales. Nos van a denunciar. Acuérdate cuando ya nos denunciaron porque tú dejabas la basura fuera de los contenedores. Que te daba asco abrirlos, decías.

—¡Ilegales! ¡Qué exageración! Necesitaremos un buen abogado para no ir a la cárcel.

—A la cárcel no iremos, pero nos va a caer un multazo.

—¡A este alcalde marmolillo yo no le doy ni un duro!

—¡Y dale con el alcalde!

—Un marmolillo, eso es lo que es.

La basura se baja, por fin, justo en el inconveniente instante en que la atractiva vecina del sexto, soltera y arquitecta paisajista, vuelve a casa, y le pilla al hombre en el portal, como siempre, bajando la basura. O sea, de pringado.

—Cumpliendo con las tareas domésticas, ¿eh? —dice la tía a mala idea.

—Bueno, sí, aprovechando que salgo por ahí de marcha —dice el hombre para dar a entender que lleva una vida tan libre como intensa.

—Pues, yo que tú, no iría de marcha en zapatillas —y señala.

—¡Huy, qué despiste llevo!

Esta humillación encona el malhumor de él, pero, en un heroico esfuerzo de autocontrol, decide sosegarse. Entra en su casa como si nada y se acomoda en el sofá donde ella, tan pancha, lee *La tiranía de la belleza.* Él decide imitarla, y busca y rebusca en la mesita de las revistas.

—Oye, perdona, ¿no has visto por aquí *El País Semanal*?

—Lo siento, lo he tirado a la basura.

—¿Que lo has...?, ¿que lo has tirado a la basura? —se acabó el sosiego.

—Creía que ya lo habías leído, discúlpame —se disculpa, de hecho, ella.

—¡Pero quién te manda a ti tirar mis cosas a la basura! —vuelta a empezar—. ¿Te tiro yo a ti tus cosas a la basura?

—¿Me lo dices o me lo cuentas? —replica ella con fina ironía.

—¿Sabes lo que te digo? —él se pone de pie, dispuesto a todo.

—¿Qué? —pregunta ella con una mirada desafiante muy bien acompañada por una brusca elevación del hombro derecho.

Él se derrumba. Ya es muy tarde. Ya no hay fuerzas para la batalla.

—Nada, mejor me callo.

—Mejor, sí.

—Pues eso.

—Pues vale.

9. LA BATALLA DEL GRIFO

¡Levántate y anda!

Con esta vida que llevamos, ya se sabe, de aquí para allá, todo el día de cabeza, horarios de trabajo devastadores, listas de quehaceres domésticos a reventar, intensas atenciones a la familia propia e intempestivas solicitudes de la familia contrincante («tu madre»), compromisos de la burocracia y del mantenimiento (el coche, el banco, la comunidad de vecinos, Hacienda, los aparatos de las nuevas tecnologías, la salud), sólo por la noche, después de cenar, sacada la basura, sosegada la casa en su penumbra, atendidos los niños y los perros (si los hay), en trance de alcanzar la paz en la conciencia, llega, al fin, el dulce y ansiado largo momento de descansar, de hundirse en el sofá.

Está encendido el televisor, o suena la música de un compacto, o se lee un libro, o se repasa la prensa. O todo a la vez, con o sin auriculares, con o sin un cigarrillo entre los dedos y un vaso entre las manos. Pero...

—¿No oyes un grifo?

—No.

—Yo estoy oyendo un grifo.

—Pues yo, no.

—Pues yo, sí. Te has dejado abierto un grifo del baño.

—No me he dejado abierto ningún grifo del baño, porque no he estado en el baño.

—Yo tampoco he estado en el baño.

—El gato habrá estado en el baño.

—No tenemos gato. ¿Oyes o no oyes el grifo?

—No oigo nada.

—Tú no oyes nada cuando no te conviene.

—A mí ni me conviene ni me deja de convenir. Si tú crees que hay un grifo abierto, te levantas, lo compruebas y, si procede, cierras el grifo.

—Muy cómodo, eres incapaz de mover el culo.

—Soy incapaz en general, ya sabes.

No es justo, la verdad. Es el tiempo de la tranquilidad, de la tregua, de la laxitud. ¿Por qué un grifo ha de estropearlo todo? ¿Por qué un simple grifo ha de poner a prueba la capacidad de sacrificio, la disposición de uno a hacer algo por el otro?

Se está tan bien ahí, en el sofá, en zapatillas, con ropa cómoda, de casa, tal vez en pijama o en bata o batín, con los pies muy por delante, con la cabeza reclinada, con el cuerpo entero desparramado. ¿Por qué ahora, precisamente ahora, un maldito grifo tiene que venir a fastidiarlo todo?

Lo malo es que no siempre es un grifo. Hay más aliados, más conjurados en esta conspiración desestabilizadora: una bombilla que se ha quedado encendida por allá lejos, una puerta que golpea, una ventana que también golpea, una corriente que trae frío, un transistor que permanece activado en lontananza, la alarma imprevista de un despertador lejano. Siempre lejano.

—Está sonando el despertador.

—Pero yo ya estoy despierto.

—¿Por qué suena ahora el despertador si son las diez de la noche?

—¿Es una pregunta de concurso?, ¿hay premio si doy la respuesta acertada?

—La respuesta más acertada sería levantarse y suprimir la alarma.

—Yo no estoy alarmado. Ya se parará solo.

—Se parará solo después de sonar tres minutos y volverá a sonar durante tres minutos otra vez dentro de cinco minutos, y así cada cinco minutos.

—Eres una experta en despertadores. Deberías intervenir tú, se te ve más preparada.

—Está sonando a las diez de la noche porque, ahora que recuerdo, tú te has quedado en la cama hasta las diez de la mañana, ya que ayer, o sea, hoy, has vuelto a una hora inimaginable, y eres tú el que no has desactivado la alarma en su momento.

—Pues ahora podría ser tu gran momento.

—Gracias, te cedo la oportunidad.

Hay una confabulación de livianas alteraciones funcionales dispuesta a poner a prueba la generosidad, la aptitud y la actitud ante el esfuerzo, la fortaleza de los ya derrotados combatientes de la jornada, la capacidad de hacer algo sencillo por el otro.

Daríamos, puede ser, la vida por el otro, la médula por el otro, la mitad de la cuenta corriente por el otro, un tercio del sueldo mensual por el otro, probablemente a regañadientes, pero no estamos dispuestos, a esas horas, a dar un paso por el otro.

—Si es un paso, dalo tú.

—No es un paso, son varios pasos.

—Lo mismo opino yo.

—Es que siempre me tengo que mover yo.

—Excepto cuando me muevo yo.

—Tú, ¿cuándo te mueves tú? Tú no te mueves nunca.

—Yo me muevo siempre que no te mueves tú. Más en breve: siempre.

Aquí, en el mejor de los casos, se produce un silencio. El silencio es, al menos, un paréntesis. Cada oponente conserva sus posiciones. Ninguno cambia su actitud. Y el grifo o el despertador, contra el silencio, menos que nadie.

Al rato, que puede ser mucho rato, mucha pasta para el Canal de Isabel II y mucho gasto en pilas, mediada la reflexión, con el pretexto inconfesado e inconfesable de ir a buscar un zumo de piña, alguno de los contendientes acaba por cerrar el terco grifo o suprimir la alarma. No aspira al reconocimiento, pero sabe que, secretamente, el otro lo agradece.

La paz ha quedado restaurada. Ya es posible irse a la cama con cierta satisfacción, ya que cada cual piensa que lo que tenía que demostrarse ha quedado demostrado. El lecho, fuente de tantas compensaciones, acoge ya a los combatientes.

—Cariño...

—¿Qué?

—Tú no estás ciego, ¿verdad?

—No.

—Pero tampoco ves la luz, ¿no es cierto?

—La luz de la verdad, ¿dices?

—La luz de la calle.

—Tengo los ojos cerrados. Suelo cerrar los ojos habitualmente cuando me dispongo a dormir.

—No quisiera indisponerte, pero se nos ha olvidado bajar las persianas.

—Dime un número del cero al diez.

—El siete.

—Lo siento, pero te ha tocado.

10. LA BATALLA DEL JABÓN

Un terreno resbaladizo

—Eres un tipo con muy buen corazón.

—Me temo lo peor.

—Te lo digo de veras, todo corazón.

—No me des jabón, no me des jabón.

—A eso iba, cariño. Tú ves al pobre jabón del lavabo, lo ves tan gastadito, tan viejito, tan delgadito, tan en las últimas, tan que no sirve ya para nada y, en vez de jubilarlo y poner otro, ¿qué haces tú?...

—Me temía lo peor, en efecto.

—...Pues tú, cariño, con ese gran corazón que tienes, te apenas, sientes lástima del pobre jabón...

—Te estás pasando.

—...Y lo dejas ahí, le prolongas el empleo y la vida...

—Te digo que te estás pasando.

—...Le das una prórroga humanitaria, le mantienes en la ilusión de que aún le necesitamos...

—Vaaale....

—...Le haces sentirse todavía útil...

—¡Vaaaaaale!

—No, no vale. El jabón ya no vale para nada. ¿Tanto cuesta poner otro?

Ya salió. ¿Tanto cuesta? Es una de las preguntas-munición que más se repite en la guerra del sofá. La usan a discreción los dos bandos, en fuego cruzado simultáneo o sucesivo. Es una pregunta retórica, desde luego, ya que quien la hace no espera respuesta, la conoce ya: no cuesta nada.

En el dulce hogar, es curioso, todas las cosas que no cuesta nada hacer, cuestan, en realidad, muchísimo, pues nadie las hace.

Sobre todo, no las hace el otro, no se adelanta el otro a hacerlas. Cuando, finalmente, alguien las hace, comprueba que, en efecto, no costaba tanto hacerlo. Pero se guarda el secreto.

No sólo eso, no sólo se guarda el secreto, sino que da a entender que le ha costado mucho lo que no le ha costado nada.

—¿Tanto te cuesta tener el pico cerrado?

Es natural, a él tanta ironía le ha molestado. Y es que llueve sobre mojado.

Mojado es como suele estar el jabón, el jaboncillo, en el lavabo. El jabón da mucho que hablar y mucho sobre lo que reñir.

Más que mojado, reblandecido. Hay quien deja el jabón mojado, goteante, sobre la pequeña jabonera o en el lugar reservado para ello. Entonces, el agua forma un fondillo, un charquito, el agua hace unas agüillas sobre las que la parte inferior del jabón se reblandece.

¿A quién le gusta un jabón mórbido, que ha perdido su tersura, su textura, su dureza? Esas partes blandas, aguadas, se desprenden luego con facilidad, se pegan a las manos, penetran entre las uñas, y se aclara muy mal.

Sobre esas partes reblandecidas, cual si se tratara de arcilla para un molde, los dedos, e incluso las uñas, se hunden, se clavan casi sin querer, al usar el jabón desapercibidamente, y entonces la pastilla, más pastosa, altera su forma con facilidad, se hace fea y aberrante.

—Aparte de que, si dejas el jabón nadando, se gasta antes.

—¡Menudo gasto!

—Todo cuenta.

—Oye, si necesitas dinero, no dudes en pedírmelo.

—Tú, ríete.

Hay gente (¡qué gente hay!) que, por ahorrar, por aprovechar hasta el último suspiro el jabón ya adelgazado y consumido, lo pega, lo adhiere simbióticamente a la pastilla nueva. Y eso no siempre gusta al otro.

—No me mezcles olores.

—¿Qué olores he mezclado yo?

—Me has mezclado mi jabón favorito, olor a limones salvajes, con ese jabón repugnante, olor a violeta artificial, que no lo soporto.

—¿Y te vas a desmayar por eso?

—No. Te voy a recomendar, por enésima vez, que dejes en tu piscinilla, o sea, en tu lado del lavabo, tu apestoso jaboncillo olor violeta y te abstengas de mezclarlo con el mío y de poner la dudosa aleación de mi lado.

Porque, ésa es otra, cada uno tiene su lado del lavabo como tiene su lado de la cama, su lado de la mesa de comedor y su lado del sofá.

Vivir en pareja es estar juntos, pero cada uno por su lado.

Estábamos, a propósito del jabón desgastado, en tema de gastos. Gastar, lo que se dice gastar, en las casas cada vez se gasta menos en jabón. Ahora se viaja mucho, por tierra, mar y aire, y el personal hace intenso acopio de jabones en hoteles, trenes y aviones. Sobre todo, en hoteles.

A la hora de desalojar las habitaciones, en la andorga del neceser caen todos los jaboncillos sobrantes del baño, y los frasquitos de gel, champú, colonia y *after-shave*, y los peines, y los gorros de ducha, y las esponjas abrillantadoras de zapatos, y las otras esponjas, y todo lo que se pille por delante, incluyendo los lápices y bolígrafos de las mesillas, los cuadernos de notas, los folios, los sobres, los ceniceros y los caramelillos.

El saqueo de los hoteles es total, nada se deja a su suerte o para uso del siguiente huésped. No hablemos de toallas o albornoces, porque son objetos y palabras mayores.

En los armaritos y en las estanterías de cestería semitropical de los baños caseros hay un enorme surtido de jaboncillos procedentes del expolio de los hoteles. Eso se puede ver en las mejores familias, hasta en aquéllas que ocupan más desahogada posición. Nadie se resiste a la tentación de choricear todo lo que puede en los hoteles, sólo sea como ejecución de la venganza por la ofensa, la que sea, que todo hotel, por el hecho de serlo, nos inflige durante nuestra quejosa estancia en sus dependencias.

Las mujeres, mejores y más preocupadas intendentes, se diga lo que se diga, lo que sea más correcto decir, son especialistas en estos atracos, por no señalar, para no tenerla, que su atracción hacia la perfumería variada y accesorios es mucho más intensa.

De manera que, si uno curiosea en los baños ajenos, puede hacerse, mediante la observación de los envoltorios de los jaboncillos, una buena idea de cuáles han sido los recientes puntos de destino turístico-profesional de sus amigos y si se alojan, como pretenden, en los mejores hoteles o, como sospechamos, en establecimientos de medio pelo que no encargan sus jabones a las mejores firmas perfumeras.

Estos jaboncillos hoteleros, mejores o peores, suelen ser de escaso tamaño, pues están concebidos para uso de un día, por lo que, realojados en las casas, duran poco y exigen una constante reposición. Y reponer, lo que se dice reponer, cada miembro de la pareja, como vamos e iremos viendo, tiende a reponer más bien poco.

Y la espuma de los días y del jabón no está sólo en el reponer, sino en el poner a secas.

—¿Tanto cuesta poner el jabón en su sitio en vez de dejarlo tirado en el sumidero?

Ella no se refiere sólo al caso de la pastilla ya infinitesimal, entre la lenteja y la lengua de gato, que, en el último instante, se ha escurrido de nuestras manos y acaba taponando el sumidero, y no hay forma de sacarla con los dedos, si es que se intenta, sino al hecho mismo, de más bulto, de dejar de cualquier modo una pastilla más abultada, tal vez, horror, con molestos pelos adheridos, o con restos de espumilla, o con churretes gris-negruzcos tras el lavado de unas manos que en verdad necesitaban una buena jabonada.

Él contraataca.

—¿Y dónde dejas tú tus jabones íntimos?

—Eso, ¿dónde?

—No los dejas en la jabonera de la ducha, no, sino que ruedan a su antojo por la bañera, de modo y manera que esta mañana a poco me desnuco al resbalar sobre uno de ellos. ¿Acaso no sabes que la glicerina es altamente deslizante?

—¡No me digas! Ya me parecía a mí que tú usabas mis jabones de glicerina para ciertas manipulaciones inconfesables.

—¿Yo?, ¿qué insinúas?

—¿Has visto *American Beauty*?

—Contigo.

—Pues eso.

—No caigo, aunque, como te voy diciendo, a poco me caigo esta mañana. Así que, en lo sucesivo, cuando acabes tu peculiar higiene íntima, si no te acuerdas de dejar la pastilla en la jabonera, podrías metértela por... en fin, vamos a dejarlo.

Eso, vamos a dejarlo.

11. LA BATALLA DE LAS LLAVES

¿Y dónde estaban?

La llave es una clave, nadie puede dudarlo, pues viene del latín. La llave es una clave de muchas discusiones, y parece mentira porque tampoco es un objeto tan importante, un bien tan preciado.

¿No? Claro que lo es. Las llaves son imprescindibles. Las llaves de la casa, digo, concitan muchas aprensiones, temores, fantasías, malos presagios.

Basta recordar *Crimen perfecto*, donde aquel hombre organizaba el mejor modo, que fue el peor, de matar a su mujer gracias a una llave. Con funestas consecuencias para todos, por cierto.

Hay toda una mitología del terror doméstico que tiene que ver con las llaves. Esa mujer que teme la llegada de su marido al hogar, de un marido que tiende a llegar en malas condiciones o que, simplemente, hace de su presencia el desencadenante de múltiples perturbaciones.

Esa mujer tiembla ante el instante de escuchar el sonido que hacen las llaves al introducirse en la cerradura y, de hecho, cuando esa mujer escucha ese sonido se pone a morir.

Claro que también el inconfundible ruido de las llaves y sus vueltas puede significar lo contrario: por fin ha llegado el otro, le esperábamos, teníamos ganas de que viniera.

—Cariño, ¿eres tú? —se grita desde el sofá al escuchar el familiar ruido de las llaves.

—Pues claro, ¿quién coño iba a ser si no? —nos responden.

Vaya por Dios, parece que el otro llega con algún problemilla en la cabeza.

Las madres de ahora, con hijos adolescentes, asocian el sonido de las llaves, a las cinco de la madrugada, o más, a una especie de arrullo que les permite comenzar a dormir. Pero ésta es otra historia, una historia para no dormir.

La historia que aquí se va a contar empieza, por ejemplo, así:

—No llevo llaves, ¿eh?

—¡Qué manía!

Pues sí, qué manía. Hay mucha gente que tiene la manía de no coger las llaves cuando sale de su casa, y tal costumbre suele caer fatal al otro. ¿Por qué no lleva llaves?, ¿qué cuesta coger las llaves?

—Tú vas a estar en casa, ¿no?

Sí, uno va a estar en casa, pero eso no tiene nada que ver. ¿Y si surge algo? ¿Y si uno tiene que salir de improviso, y resulta que no puede porque ha quedado atrapado como portero del otro?

—Voy a estar en casa, sí, pero igual salgo.

—¿En qué quedamos?, ¿vas a estar en casa o vas a salir?

—Puedo hacer las dos cosas sucesivamente.

—Hombre, sólo faltaría que pudieras hacerlas simultáneamente.

Al obligado portero del otro, le entra la presunción —tonta, pero presunción— de que su pareja, con tal procedimiento, trata de asegurarse de que no se va a mover de casa. ¿Por qué quiere tenerle encerrado?

No coger las llaves es encadenar al otro a las patas del sofá. Y, también, tomarle por una criada, ya que, al volver, el enclaustrado tendrá que acudir a abrir la puerta y, en tal circunstancia, no digamos si la guerra de las llaves es una guerra declarada, el timbrazo en la puerta suele pillar en un momento fatal: cuando te acabas de sentar, incluso en la taza, cuando estás en lo mejor de una película o de la lectura del periódico, cuando estás hablando por teléfono o, sencillamente, cuando no te apetece ni mucho ni poco movilizarte para ir a abrir la puerta, que esto es una cosa muy personal, caramba.

Otra cosa muy mala que ocurre con las llaves consiste en perderlas, y se divide en dos apartados: perderlas fuera de casa y perderlas dentro de casa. La primera es más grave, pero todo depende.

Perder las llaves, todo hay que decírselo, es un síntoma de negligencia, de descuido, de que no está en lo que celebra. Es, además, un incidente muy enojoso, hay que ponerse a recordar dónde se ha estado, dónde pudo ocurrir el desastre. A veces, obliga a volver a salir en su busca retrasando una cena o una cita.

—Recuerda, recuerda, ¿dónde has estado?

—¿Quieres saber dónde he estado?

—No, quiero que recuerdes. A ver, ¡recuerda!

—¿Te lo estás montando de Ingrid Bergman o qué?

Si las llaves no aparecen, entra la neura, una neura que crece entre el que se siente culpable y el que quiere culpabilizar todavía más al otro.

—¡Habrá que cambiar la cerradura!

—No es para tanto.

—¡Ya me dirás tú!

—Ya te digo: no es para tanto.

—No me hace ninguna gracia que las llaves de nuestra casa puedan caer en manos de cualquiera.

—Eso es lo mejor que puede suceder, tú es que no piensas, que caigan en manos de cualquiera, de un desconocido.

—¿Y si el desconocido nos conoce?

Qué fastidio, otra cerradura, otras llaves y sus copias, todo para evitar que ese delincuente que, sin duda, fue testigo del instante exacto del extravío, se presente cualquier noche armado de un horrible cuchillo... Mejor, no pensarlo.

Y, luego, está lo otro. Las llaves, en casa, no es que se pierdan, es que no se encuentran.

—¿Has visto mis llaves?

—No, no he visto tus llaves.

—Pues las había dejado aquí.

—Si las hubieras dejado aquí, aquí estarían.

No gusta nada ponerse a buscar unas llaves que no se dejan ver. En una casa no apetece ponerse a buscar nada, ésa es la verdad.

—¡Si supieras dónde dejas las cosas! ¡Siempre tengo que buscar yo tus cosas!

Al poco tiempo, siempre aparecen las llaves, y nunca las encuentra quien las ha perdido.

—Toma, tus malditas llaves.

—¡Anda!, ¿y dónde estaban?

—Estaban donde las dejaste.

—¿Y cómo las has encontrado?

Error. Nunca debe hacerse esa estúpida pregunta, porque siempre se obtendrá, y de malos modos, la misma respuesta:

—Buscando, caramba, buscando.

12. LA BATALLA DE LOS OTROS

Terceros en la discordia

El tercero de esta batalla no es un tercero estable, no es el tercer vértice en la clandestinidad de ningún triángulo de engaño. No, no. Si así fuera, violencia tan mayor, guerra tan atómica, pecado tan mortal, no entraría en este venial tratado de escaramuzas domésticas.

El tercero es un tercero inestable, rotatorio, que interviene en el fregado sin comerlo ni beberlo, de cuando en vez, un tercero de cualquier sexo y condición que hace su papel de tercero sin saberlo, arrastrado al campo de batalla involuntariamente y colocado sin su conocimiento en la línea de tiro.

Suena el teléfono en el cuarto de estar y comienza el malestar.

—Será Conchita —dice él sin moverse.

—¿Eres adivino? —dice ella sin moverse tampoco.

—Tu amiga Conchita siempre llama a altas horas.

—No tan altas, son las once.

—A ciertas horas sólo se consigue incordiar si se llama a una casa. Te he dicho mil veces que le digas a Conchita que no llame a medianoche.

—Te digo que son las once. Llevas el reloj una hora adelantado, ¿no es mucho?

—Tú ya me entiendes.

—No creas, no hay quien te entienda.

Ella, que está en buen plan, se levanta al fin y descuelga el teléfono *in extremis.*

—Dígame... ¿Ah?... Sí, ahora se pone.

No es Conchita. Ella empuña el auricular, lo alza como una guadaña, lo agita bien agitado y se lo muestra a él bien mostrado.

—Tenía que ser Conchita, pero, incomprensiblemente, ha habido un fallo. ¡Es Álvaro Luis!, ¡para ti!, ¡listo!

Él no sabe dónde meterse, pero opta por la más maligna de la soluciones: no apearse del burro.

Mientras se dirige hacia el teléfono, se le oye decir:

—Ya me parecía a mí que era un poco pronto para que llamara Conchita.

Ella lo mataría en ese instante, pero, por abreviar, se limita a desear, entre dientes, que se pudra.

—¡Álvaro Luis, tío, tronco, qué hijoputa! ¿Qué haces, cabronazo?

Ella sabe perfectamente que, con la excusa de que sería Conchita, él no ha movido, por si acaso, el culo del sofá. Y sabe, también perfectamente, que, de haber sido Conchita, él hubiera puesto cara de funeral, se hubiera mostrado impaciente y contrariado y le hubiera hecho gestos de corta ya, corta ya, al minuto de conversación.

Sin embargo, lo que hay que aguantar, ahí le tienes ahora, con una sonrisa de oreja a oreja dedicada a su amigo Álvaro Luis, encendiéndose el primero de varios cigarrillos y con pinta de tirarse media hora al aparato. Cuando le llaman a él, no importa que sea medianoche o las cinco de la madrugada.

¡Y ni siquiera importa que estén poniendo *Brubaker*!

El papel de estos episódicos terceros consiste en remover el siempre sensible puchero de los celos genéricos: eres más simpático con tus amigos que conmigo, les dedicas más tiempo a tus amigos que a mí, te interesas más por las cosas de tus amigos que por las mías, hablas más con cualquiera que conmigo.

Y es que los celos no son un radar que busque en exclusiva a ese tercero morrocotudo, el del triángulo inexistente, sino que son una finísima piel que detecta, a menudo caprichosamente, carencias figuradas o no, quejas motivadas o no, insuficiencias en la relación reales o no.

Termina él su charla con Álvaro Luis y se reincorpora triunfante al sofá, totalmente ajeno al incontrovertible dato de que se ha tirado media hora al teléfono.

—Este Álvaro Luis, qué cachondo, ¿sabes lo que me ha dicho?

—Ni lo sé ni me interesa.

—¿Estás mosqueada? —ahora cae en la cuenta.

—Tú verás. Álvaro Luis puede llamarte cuando le venga en gana y Conchita tiene que llamarme en horario de oficina.

—No es eso. Es que Conchita te llena la cabeza de pájaros, es una chica que no tiene los pies en el suelo. Eso es lo que me cabrea. Yo no te digo nada cuando te llama Almudena. Almudena es una mujer sensata, cabal, su amistad es muy beneficiosa para ti.

—¿Almudena, sensata? No tienes ni idea. Lo que pasa es que Almudena os gusta a todos porque está muy buena, no te jode. Aunque, si quieres que te diga la verdad, tiene el trasero muy alto y como inclinado hacia la izquierda.

—¿A la izquierda? No me había fijado.

—Pues no será porque no le has mirado el culo mil veces, que te he visto yo.

—¿A Almudena?, ¿el culo?, ¿yo?

—Y Almudena, de sensata, nada. ¡Si yo te contara! No sabe ni freír un huevo, tiene a sus hijos abandonados y, en fin, me callo.

—¡Almudena es tu amiga! ¿Así hablas de tu amiga?

—Y, tampoco te habrás fijado, pero le huele el aliento a una mezcla de tabaco y ajo, porque fuma como un enterrador y es una de ésas que come ajos crudos porque dice que son muy buenos para no sé qué.

Las mujeres son formidables propagandistas de sí mismas y de la mujer en general, pero como agentes publicitarios de las demás, de las mujeres concretas de las que se hable, actúan pagadas por su peor enemigo.

Basta que él haga un comentario moderadamente elogioso sobre una amiga de ella para que ella desgrane sin compasión sus defectos.

Bah, esto es un tópico machista, uno de tantos.

¿O no?

Suena otra vez el teléfono.

—Será Conchita —dice él sin moverse.

—Será Álvaro Luis, que no ha tenido tiempo de decirte lo principal en una charla tan precipitada —dice ella sin moverse.

—Será Conchita, ya es medianoche.

—¿Y si fuera Almudena? Tendrías ocasión de hacerte el simpático con ella y, por teléfono, no le ibas a notar el mal aliento.

Sigue sonando el teléfono. ¿Piensa coger alguien ese condenado teléfono?

INTERMEDIO Y TREGUA

La escena del sofá

Don Juan Tenorio. Acto cuarto. Escena tercera. Estamos en la quinta sevillana del seductor, a un paso del Guadalquivir. La pobre Doña Inés tiene un soponcio de aúpa, no sólo porque ha sido raptada de su convento por Don Juan, sino porque siente en sus entretelas que, pese a todo, ama al bribón.

Pero el sinvergüenza, contra todo pronóstico, también la ama. O eso pretende. Don Juan se presenta, va y dice: «...Reposa aquí; y un momento/ olvida de tu convento/ la triste cárcel sombría./ ¡Ah! No es cierto ángel de amor,/ que en esta apartada orilla/ más pura la luna brilla/ y se respira mejor...».

Muchos lectores sabrán continuar los versos. Luego viene lo de «paloma mía», «gacela mía», la barca del pescador, el ruiseñor que trina y las radiantes pupilas. Don Juan va a por todas, no se anda con chiquitas. El cerebro de Doña Inés enloquece y arde su corazón. No es para menos.

Es la llamada escena del sofá, tal vez la más conocida del teatro español de todos los tiempos. Es una escena de acoso y derribo, con argucias de pico de oro, por lo que el sofá, en el inconsciente de los españoles posteriores a Don José Zorrilla, autor de la pieza, queda asociado a las arteras maniobras de la seducción.

Muchos padres de antes tenían, en el fondo, la sensación de que sus virginales hijas eran raptadas del convento familiar por el futuro marido. Menos mal que, para cuando llegaban al sofá, ya habían pasado por el altar y mediaba santo matrimonio. La escena del sofá había tenido lugar antes, en un café, en la platea de un cine o en un banco del parque.

Cuando la pareja bien casada llegaba al sofá, ya no había seducción que valga, sólo aparato de radio (luego, televisor), agujas y ovillos para hacer labor y el periódico del día.

Da la impresión de que el sofá ha recuperado sus propiedades como plataforma de seducción de los tenorios. Y de las tenorias, por supuesto. Muchos adolescentes, en ausencia de los padres, inician sus aproximaciones, o se aproximan del todo, en el sofá.

Y, en los pisos de solteros, se empieza en el sofá, por no ir al grano directamente, lo que se termina en la cama. A no ser que, entre el sofoco y las prisas, se termine también en el sofá, pues no abundan los corredores de fondo.

El sofá, sí, es un lugar de paso hacia la cama, sea para dormir o para lo otro. Y, en ocasiones, en vez de estación de paso, el sofá es estación de término. Para dormir y para lo otro.

En la guerra del sofá, también en este libro, hay eróticas paces que se firman y se confirman en el sofá mismo, proporcionándose los guerreros reposo mutuo.

El sofá no se ha hecho, por tanto, sólo para descansar, ver la tele o leer una revista. El sofá es muy decorativo, desde luego, pero no debe entenderse esto en el sentido de que no pinta nada, sino que, por el contrario, registra una actividad de lo más frenética. El sofá es un prodigio de versatilidad.

Por todo ello, la elección correcta del sofá por parte de ella y él, cuando se aprestan a vivir juntos, es asunto de gran importancia. No se puede comprar un sofá así como así, un sofá cualquiera. Hay que darle muchas vueltas al asunto, contrastar gustos y criterios, y tanto se contrastan a veces que, como muy bien saben los dependientes de las tiendas de muebles, muchas guerras del sofá empiezan con la compra del sofá mismo, y no todas acaban bien.

No soy experto en historia del mueble, pero se diría que el sofá lo inventaron los romanos para comer y descansar. Para comer descansando. El triclinio es el antecedente prehistórico del sofá, y era el mueble sobre el que se colocaban los comensales en el salón de comer. Había tres triclinios por triclinio, y esto no es un trabalenguas, sino que el triclinio daba nombre al cuarto. O viceversa, que no lo tengo claro.

Los árabes, según parece, fueron perfeccionando el invento con los divanes, las otomanas, las camas turcas y así, por abreviar cuanto ignoro, y dejando atrás una brillante pinacoteca repleta de damas desnudas, suicidas y asesinados tumbados o semitumbados, llegaríamos al sofá actual.

Hay muchos sofás, incontables, en la vida de un hombre y de una mujer. Mi generación, si se me permite el desahogo, conserva memoria mítica del primer sofá que entró en casa de sus padres, que bien pudo ser un sofá de skay.

El skay fue, con el tergal, el material con el que España se revistió y pegó el estirón desarrollista de los años 60, y no sólo tapizaba los sofás domésticos, los encantadores tresillos, sino también sus homólogos de oficinas y los frentes de las barras de ciertos bares, de aspecto vagamente inglés, en los que, al atardecer o al anochecer, se podía intimar con chicas lógicamente de barra y otras señoritas. Daba mucho calor, pero todavía se puede ver por ahí, el skay.

Mi generación, última vez que lo digo, tan cinéfila, atesora miles de imágenes de sofás, porque el cine (también el teatro de bulevar y el vodevil) ha hecho del sofá uno de sus principales iconos, más en el género de comedia que en el drama, lo cual habla bien del sofá.

En el cine criminal y policíaco también se ha utilizado mucho, sin embargo, y no sé si Hitchcock definió el suspense de la siguiente manera: un hombre sentado en un sofá con una bomba debajo. El espectador sabe que la bomba está ahí, el hombre, no. ¿No tenemos todos una bomba bajo el sofá?

El cine, en efecto, ha documentado muy bien todo lo que se puede hacer en un sofá, y todos hemos aprendido mucho de él.

Mi situación preferida del cine en relación al sofá, situación bien arquetípica de las comedias románticas, tiene que ver con el amor, pero también con el suspense. El amor y el suspense tienen que ver mucho en general, dicho sea al hilo.

Es la siguiente: un chico acoge a una chica en su casa por alguna razón. O al revés. Como su relación acaba de empezar, es casual, no está madura, lo que sea, el propietario del piso ofrece al otro su sofá para dormir y le saca una manta. Se retira el anfitrión a su dormitorio deseando las buenas noches.

Pero nosotros queremos que ese chico y esa chica acaben juntos en el mismo lecho. Y sabemos que sucederá. Ninguno de los dos pega ojo. El espectador, menos. ¿Cuándo?, ¿cómo sucederá?

Y es que el sofá, no es obsesión, tiene una secreta vocación de cama. Tanto es así, que no ha parado hasta convertirse en sofá-cama.

Y tenemos otro gran papel del sofá en la cultura del siglo XX. El sofá del psicoanalista. Llámesele diván, si se prefiere. Viene a ser lo mismo. Las perturbaciones del espíritu hallan acomodo, e incluso curación, en el sofá. El cine de Woody Allen no se entiende sin el sofá del psicoanalista, y la vida actual se entendería peor sin el cine, el psicoanálisis, Woody Allen y el sofá.

Triclinio, tresillo... El sofá, en su conjunto, tiene tres cuerpos. O el cuerpo del sofá tiene tres elementos. ¿No es esto sorprendente? ¿Por qué tres, si, en principio, es para dos?

¿Van a tener razón los que piensan que la pareja que mejor funciona es una pareja de tres?

Pero el tercero, Dios nos libre, no se sienta en el sofá.

Entre ella y él, cada cual en su extremo, está el presunto asiento del tercero. O el asiento del presunto tercero, tanto da. Vacío.

Ese tercer asiento, el de en medio para más señas, suele estar ocupado, aunque el vacío persiste, por el mando a distancia, libros, periódicos, el tabaco..., lo que se quiere tener a mano.

Porque, con el tiempo, ya no se tiene tan a mano al otro.

Al comienzo, ella y él se amontonaban en un lado del sofá. Uno se tumbaba y colocaba su cabeza sobre el regazo del otro. Ahora, con los años, cada mochuelo se ha ido a su olivo, a su lado del sofá, y entre ellos media ese tercer asiento sin ocupante, ese páramo. Ese vacío. Llenar, acortar, anular ese vacío será el secreto de la buena convivencia de nuestra pareja.

El sofá, ojo, tiene muchos peligros. Junta, sí, pero también separa, en la forma descrita, a la pareja. Los que antes se miraban a los ojos, con arrobo, ahora miran cada uno a lo suyo, lo que tienen entre manos. Pero ya no se tienen entre manos, literalmente, el uno al otro.

O miran al frente, sí, hacia el mismo sitio, en la misma dirección. Esa coincidencia en el objetivo de la mirada no está mal. Un momento, ¿hacia dónde miran?: ¡horror, miran hacia el televisor!

Hablando de tres, hablando de tríos, el sofá es el tercer personaje de este libro. Felizmente, no habla. ¡Ay, si el sofá hablara! El sofá es el gran testigo de la convivencia de nuestra pareja. También la víctima de un intenso trajín: aplastado, manchado por líquidos y sólidos, desgastado, nunca se queja, nunca dice nada.

Su disposición a todo, su discreción y su aguante no tienen premio. Un día, ya viejo, es sustituido por otro, más nuevo, más a la moda, más moderno.

Pudiera ser que, ante la dificultad de cambiar de pareja, cambiásemos de sofá con el pretexto de su deterioro. Suprimimos al testigo, por si acaso. Empezamos sin él una nueva vida, es lo que queremos, borrar la memoria y el pasado.

El sofá sabe demasiado.

13. LA BATALLA DE LAS VACACIONES

¡Feliz verano!

El verano es el tiempo de la felicidad. Ya lo dice la canción. Y si no hay ninguna canción que lo diga, ni siquiera una canción del verano, pues mal hecho. Lo malo que tiene el verano es que hay que prepararlo. La naturaleza se ocupa cada año, por su cuenta, de que el verano llegue a su tiempo, a su hora, y con las condiciones de siempre: sol, calor, días largos, cielos estrellados, esplendor en el campo, picaduras de avispa, gastroenteritis...

Y ahí están esperando, en perfecta sintonía, las playas, los ríos, los mares, las montañas, los hoteles, las ciudades, los museos, los helados de pistacho, las raquetas de tenis, las cremas de protección, todo.

Pero no basta. Para disfrutar del verano, es preciso, primero, tener un plan, un propósito, y, segundo, hacer gestiones. Y aquí empiezan los problemas de la pareja.

—¿Qué vamos a hacer este verano?

—Lo que tú quieras.

—Me gustaría ir unos días a Roma.

—Ah, no, a Roma, no.

—¿Y por qué no?

—¡A quién se le ocurre ir a Roma en verano!

—El año pasado me dijiste que iríamos.

—¿Eso dije yo? Me extraña.

—Y me acabas de decir que haremos lo que yo quiera.

—Sí, pero ir a Roma, no.

Esta charla de sofá ha podido tener lugar perfectamente en enero, ya que en enero, con el frío, entran unas enormes ganas de hablar del verano. Sin embargo, al fracasar la conversación, el conflicto del verano se hiberna durante varias semanas.

—Deberíamos ir pensando en qué vamos a hacer este verano.

—¿Has pensado tú algo?

—Hombre, yo había pensado en ir a Roma, pero como tú dijiste que no...

—Por supuesto. A Roma, ni hablar.

—Vale, mensaje recibido. He pensado entonces en ir unos días a la playa.

—¿A la playa?, ¿otra vez? ¡Si a mí no me gusta la playa, con tanta arena!

—En la playa hay arena, desde luego.

—Pues por eso.

—¿Y?

—Una playa, según tú, ¿del norte o del sur?

—Yo prefiero ir al norte.

—En el norte hace un frío que pela.

—Bueno, pues una playa del sur.

—En el sur hace mucho calor.

—¿Entonces?

—No sé, piensa tú algo.

Y así se llega a mayo. Como las discusiones del sofá sobre el asunto del verano dan muy mal rollo, lo normal es llegar a mayo y no tener nada pensado.

—Nos va a pasar lo de todos los años, que, cuando nos decidamos por algo, no va a haber ni habitaciones, ni billetes, ni nada.

—¿De qué estás hablando?

—¿Tú qué crees? ¡Del verano!

—Ah, el verano, sí. ¿Has pensado algo?

—He pensado mucho, pero todo te viene mal. No quieres ir a Roma, ni a la playa, ni a ningún sitio.

—A Roma, no. A la playa, tampoco. Pero creo que hay más sitios. ¿O es que no hay más sitios?

—Di tú uno.

—No sé, podríamos ir, por ejemplo, a un balneario.

—¿A un balneario? ¡Vaya muermo!

—¿Lo ves? Ninguno de los sitios que yo digo te gusta.

—¡Si sólo has dicho uno!

Por lo común, el problema del verano no radica solamente en la falta de ganas de pensar y de hacer gestiones. Por lo general, coincide que el más perezoso a la hora de pensar, tomar decisiones y ejecutarlas suele ser bastante indiferente al hecho mismo del veraneo, y con su pasividad, primero, y sus negativas, después, dificulta extraordinariamente la operación. La boicotea.

—Lo que pasa es que tú no quieres ir de vacaciones. Eso es lo que pasa.

—No es que yo no quiera ir de vacaciones, pero no te oculto que quedarse en casa, levantarse tarde, tomar unas cañitas por el barrio, hacerse un cinito... Ay, eso es vida y no la horterada y el follón del turisteo.

—Lo que te estoy diciendo, que tú te quedarías en casa...

—Pero si tú te mueres de ganas por salir, si es el sueño de tu vida, si para ti es cuestión de vida o muerte, pues yo me amoldo, cariño, ya sabes que yo me amoldo.

—Tú te amoldas más bien poco.

—Pero me amoldo.

Y así se llega a finales de junio. La situación es crítica. Se palpa la tensión. La urgencia es agobiante, nadie se atreve a hablar del asunto. Pero hay que hablarlo.

—He pensado que podíamos ir a Segovia.

—Este fin de semana yo no puedo.

—Te estoy hablando del verano.

—Ah, el verano. ¿Pero tú no querías ir a Roma?

—¡Yo sí, pero tú, no!

—A mí me da igual, ya lo sabes. Yo, por ti, me amoldo, total...

—¿Ahora me sales con que te da igual? Ahora ya no habrá ni vuelos, ni hoteles, ni nada.

—Eso no es culpa mía. Si tú tenías tanto empeño en ir a Roma, haberlo previsto.

—Tienes un morro que te lo pisas, tío.

Este episodio tiene un final feliz. Estuvieron en Roma. No les picó ningún bicho, ni les robaron, ni les perdieron las maletas en Iberia, ni les pilló una huelga de la hostelería, ni nada. Lo pasaron estupendamente, hicieron muchas fotos, conocieron a unos catalanes simpatiquísimos y un día vieron por la calle a Romina Power.

—Mira, ¡Romina Power!

—¿Dónde?

—¡Ahí!

—¿Esa?, ¡qué coño va a ser ésa Romina Power!

—Pregúntale, verás cómo es Romina Power.

—¡De qué le voy a preguntar yo a esa tía si es Romina Power!

—Nos ha mirado y ha sonreído. Sabe que estamos hablando de ella. ¡Es Romina Power!

La vida es bella, lo malo son los trámites. Cuando él y ella volvieron de Roma, contaron a todos sus amigos lo bien que lo habían pasado y la de cosas que habían visto.

—¡Y vimos a Romina Power!

—Di tú que no, que no era Romina Power.

—¡Era Romina Power!

—Se le parecía.

—¡Como que era!

¿Era o no era?

—Vete tú a saber —dijo Álvaro Luis, con gran aplomo—. Esas famosillas son tan raras que lo mismo podía ser que no ser.

Y todos encontraron esa opinión muy razonable.

14. LA BATALLA DE LAS ENFERMEDADES

Por no hacer caso

Él ha ido y venido, ha vuelto a ir y ha vuelto a venir, del sofá al baño, del baño al sofá, rumiando figuraciones, cultivándose entre pecho y espalda una aprensión grande como una berza. Ella le ve ir, pero, sobre todo, le ve venir, porque ya se lo conoce. Pero calla, no quiere destapar la olla.

Al fin, sucede lo inevitable.

—¿No crees que tengo mala cara? —se suelta él.

—No —ella, escuetísima, para ver si corta por lo sano.

—¿Seguro que no tengo mala cara?

—Sí, sí tienes mala cara.

—¿En qué quedamos?, ¿tengo o no tengo mala cara?

—No tienes mala cara, cariño, pero, cuando tú te empeñas en que tienes mala cara, no hay más remedio que reconocer que sí, que tienes mala cara. Es lo mejor para todos.

Él recapacita brevemente sobre la acertada reflexión que ella le hace, pero vuelve a la carga.

—Creo que he perdido peso. ¿No me ves más delgado?

—Te veo como siempre.

—¿No me encuentras más flaco?

—Te acabo de decir que no, pero, ya que insistes, ahora te digo que sí. Tienes razón, estás más delgado.

—Claro, ya te lo decía yo. Es que he perdido un kilo.

—Fíjate tú, qué pérdida. El cáncer, es lo que tiene, que te deja en los huesos.

—¿Te estás cachondeando?

—¿Yo?, ¿de un hombre que va a morir? Jamás.

—Te estás cachondeando, sí.

Él vuelve a su silencio profundo. Se siente mal de verdad, abriga negras fantasías, peores pronósticos.

—Este grano, no sé... —y se toca un grano que tiene debajo de la oreja.

—Ese grano, cariño, es un grano, y punto.

—Pero no se me va.

—No se te va porque te lo estás tocando todo el santo día. Déjalo en paz, y verás cómo se te va.

—¿Y si no es un grano?

—Tal vez no sea un grano y sea un coche de carreras. Deberías ir al dermatólogo para salir de dudas.

—Yo creo que es un bulto, y me está produciendo mareos.

—No me marees tú a mí, anda. Lo tuyo es todo psicosomático.

—¡Ya estamos! Lo mío siempre es psicosomático, mientras que cuando tú tienes algo es un caso de urgencias.

La enfermedad real une a la pareja, pero la pura aprensión, la enfermedad imaginaria y los temores infundados la separan. Bueno, no la separan, la unen más con el formidable lazo de la discusión.

Él tose ahora.

—¿Lo ves? Estoy tosiendo —se reafirma él.

—Lo oigo. Si fumas tanto como fumas, lo lógico es que tosas. Si me hicieras caso y fumaras menos, no toserías.

—Todo cuadra —dice él abrumado por las evidencias que va reuniendo.

—¿Qué es lo que cuadra?, ¿la tos y el grano cuadran?

—Tengo un cuadro general de malestar.

—Estás hecho un cuadro, más bien, con ese aire de agonizante que tiene un grano y tose por fumar.

—Tú no me hagas caso, y ya verás —amenaza.

—No se trata de que yo te haga caso. Hazte tú caso a ti mismo. Si te preocupa la tos, vete al médico y que te mire.

—¿Y cuándo vas a ir tú al dentista?, que hace cinco años que no vas al dentista.

El cuidado de la salud requiere una larga serie de obligaciones: no hacer lo que uno sabe que no le conviene hacer, cumplir con las revisiones de tal o cual cosa, realizar chequeos anuales. Todo eso no seduce nada, todo eso se traduce en una lista de incumplimientos que la pareja se arroja mutuamente en la guerra del sofá.

—¿Y al ginecólogo? Este año no has ido al ginecólogo.

—Iré al ginecólogo, por supuesto. Pero quiero que sepas que ir al ginecólogo no es algo que nos vuelva locas a las chicas. Si tú tuvieras que ir a un sitio, ponerte en pelotas delante de una tía, abrirte de piernas, levantarlas y dejar que te metan una mano enguantada por el culo, no habrías ido en tu puñetera vida al ginecólogo.

—¿Por el culo?, ¿os meten la mano por el culo?

—Ya me entiendes, te lo explicaba para que te hicieras una idea más personalizada. Tú eres un falso.

—¿Falso yo?

—Falsísimo.

—¡Eso es falso! A la hora de la verdad, yo me crezco.

—Sí, pero poco —ella hace un gesto de tamaño alusivo a lo que cabe imaginar.

—Si nos ponemos a mezclar cosas, mezclamos todos, ¿eh?

—Más mezclas que haces tú, el grano y la tos. Vamos, hombre.

Lo cierto es que lo propio de las batallas del sofá es mezclarlo todo. Hasta que en una refriega no se mezcla todo, el pasado y el presente, lo que uno y otro dijeron o hicieron una vez, lo que viene a cuento y lo que no, la disputa no alcanza su máximo grado de esplendor.

—¿Falso yo? Mira que aquella vez que te pusiste a gritar y a llorar como una histérica porque te habías cortado en un dedo.

—Oye, tú, no me había cortado en un dedo, me había llevado medio dedo por delante con un cuchillo jamonero, tenía medio dedo colgando, el hueso a la vista y una hemorragia que te cagas. Tú mismo te asustaste.

—Me asustaron tus gritos, parecías Linda Blair en *El exorcista.* En vez de echarte agua oxigenada te tenía que haber echado agua bendita.

—¡Qué cabrito! Tiene el tío un insignificante grano en el cuello y, con tal de no reconocer que es un miedica, es capaz de recordarme el mayor susto de mi vida. Desde luego..., me pones enferma.

—Sí, pero lo tuyo es psicosomático —dice él riendo y con intención de hacer una gracia que distienda.

—¡Vete a la porra! —dice ella retirándose del alcance de una caricia de él.

Por esas cosas raras que pasan en las trifulcas, él se ha puesto de un humor excelente, se ha olvidado repentinamente del grano, de la tos y no digamos de la delgadez galopante. Saborea eufórico una victoria parcial en la batalla. Lo del dedo no sólo le hizo daño a ella en su día, sino que, por las malas artes nada marciales de él, le ha vuelto a hacer daño ahora.

Él se da cuenta, sin embargo, de que se ha pasado varias calles y trata de arreglarlo.

—Venga, va, tú, oye, perdona, lo siento, joé.

—¡Que te den!

—¡Y dame, dame, dame, dame, felicidad, que sólo tú, parapapapá, me puedes dar!

Él se ha puesto a cantar la canción de Enrique Guzmán.

—¿Te acuerdas cuando, al principio de salir, siempre tomaba pie en algo que tú decías para cantarte una canción? —dice él como si nada.

En lo peor de una discusión, siempre hay alguien que, incomprensiblemente, hace como si no pasara nada.

Ella le mira muy, pero que muy seria, y le dice:

—Mala cara no tienes, lo que te encuentro, no sé, ¡es cara de gilipollas!

Y él vuelve a cantar:

—¡Gilipollas, gilipollas, le dicen gilipollas al verla pasar, y la pobre gilipollas quisiera ser tan alta como la luna. Gilipó, gilipó, gilipó, gilipó!

Ella le mira, sólo le mira. Y no da crédito.

15. LA BATALLA DE LAS MIGAS

Por los suelos

La comida se desmiga en muchos frentes en la guerra del sofá. Hasta en las mismas migas del pan, que no serán, eso no, migas con chorizo, extraño menú para una pareja urbana. Aunque cosas más raras se han visto y se han de ver.

El pan sobre el mantel, al corte, tiene una peligrosa inclinación a segregar trozos que nunca son bien recibidos. Las migas forman un archipiélago, o una galaxia, a un lado del plato, que afea el panorama de la mesa, tienden a caer al suelo en el lugar más inconveniente, invitan a hacer bolitas asquerosas en plena distracción y, en cualquier hipótesis, nunca ni nadie está dispuesto a proceder a su correcta recolección.

—Anda, ya la has organizado, ya has puesto todo perdido de migas.

—Este pan es de ayer y se rompe en mil pedazos. Si hubieras comprado pan fresco, no pasaría esto.

—El pan, rico, es de hoy, pero a ti te importa un

comino guarrearlo todo porque nunca recoges la mesa.

—Yo he puesto la mesa, y ése es el pacto.

—Tú has puesto nada más el mantel y el agua. Eso no es poner la mesa para comer. ¡Vaya cara!

—Cara, la tuya, que a esto le llamas comer. Además, si trajeras el pan de la cocina ya previamente cortado, en una panera, nos ahorraríamos buena parte de esta avalancha de migas.

—No tenemos panera.

—Ahí está el fallo, que aún no te has dignado comprar una panera.

—¿Está prohibida la venta de paneras a varones mayores de 18 años?

—Yo qué sé cómo quieres tú que sea la panera. Voy y compro una que no sea de tu gusto y me denuncias al Defensor del Pueblo.

—Bah, exageras, yo no tengo grandes manías en materia de paneras. Vas y compras una sencilla y mona, y ya está.

—Já, sencilla y mona. No hay cosa más difícil de saber que el concepto de una mujer sobre lo sencillo y lo mono. Es inabarcable, querida. Se entiende antes la teoría de la relatividad explicada por un maorí tartamudo.

Comprar la comida, hacerla, poner y retirar la mesa, fregar los platos, en todo eso consiste el permanente desmigar las tareas relacionadas con la cocina, ya que la cocina no es un lugar, un espacio concreto, sino que es una niebla que termina por cubrir muchos lugares, muchos espacios y, sobre todo, mucho tiempo.

—¿Podrías bajar un momento a comprar harina?

—Si es sólo un momento, ¿por qué no bajas tú?

—Porque estoy haciendo croquetas.

—¿Las croquetas no se hacen solas? Cuando tú estás de viaje y me sugieres que yo me haga croquetas, sueles decir que se hacen solas.

—Las que tú compras, querido, que son de sobre.

El más detallado acuerdo y la más pormenorizada distribución de turnos y misiones no sirven para evitar los cabos sueltos o, mejor dicho aquí, las migas dispersas, nubes tormentosas sobre el mapa de la convivencia.

—¿Qué te cuesta traer una bandeja?, ¿te cuesta mucho coger una bandeja?

—No.

—¿Y entonces por qué no te has puesto una bandeja para comer en el sofá?

—¡Qué bandeja ni bandeja, coño, si me estoy comiendo un triste bocadillo! ¿Acaso necesito una bandeja para comer un bocadillo mientras veo el partido?

—Si te hubieras traído una bandeja, las migas del bocadillo no estarían cayendo encima del tapizado.

—¡Gooool! ¡Gol de Raúl, bonita!

—¡Mierda de Raúl!

—A ti lo que te pasa es que eres del Barça.

—¡Y un jamón!

—Buena idea. A ser posible, me lo pones en taquitos.

Cada día, por cierto, se come menos el jamón en taquitos. ¿Por qué será?

Con bandeja o sin bandeja, con mantel o sin mantel, desde el suelo o desde una mesa, las migas han de ir a parar al cubo de la basura.

Pero el destino, el de las migas sobre todo, y en contra de lo que se dice, no está escrito. Las migas pueden ir a parar al cubo de la basura, sí, o a los alrededores del cubo, o a la calle, o al patio de la vivienda.

—No sacudas el mantel en el patio, ¡cualquiera que te vea!

—Lo hago por los pajaritos, para que los pajaritos tengan algo que comer.

—En el patio no hay pajaritos. En el patio hay cucarachas que engordan con tus migas, trepan por las paredes y nos visitan por la noche.

—¡Huy, qué fallo!

—De fallo, nada. Pura comodidad. Lo más cómodo es sacudir el mantel en el patio. Lo difícil es conseguir que todas las migas entren en el cubo de la basura.

—Pues yo tengo muy buena puntería.

—Tú tienes puntería para lo que te conviene.

—No eres más ordinaria, bonita, porque no ensayas.

—Y tú no eres más perezoso porque te da pereza.

Las migas, sí, son un problema, sobre todo desde que en las casas modernas no se hacen sopas de ajo. Ay, las sopas de ajo, qué ricas. Cuando comíamos sopas de ajo en casa éramos más pobres, pero más felices.

—Y si cogemos todas esas migas, cariño, y las guardamos cuidadosamente para hacer unas ricas sopas de ajo, ¿eh?

—¿Sabes tú hacer sopas de ajo?

—Hombre, pues se compra el ajo y... No, no sé.

—Sopas con hondas te voy a dar a ti.

—¿Otro plato congelado? ¡Ni hablar!

16. LA BATALLA DE SHARON STONE

Cuestión de gustos

Es ésta una batalla muy típica de la guerra del sofá, y, en apariencia, carece de motivos concretos. Es muy propia de esta guerra, como iremos comprendiendo, porque los elementos que rodean y nutren esas horas de descanso nocturno facilitan enormemente el inicio de esta clase de hostilidades.

Enfrente está el televisor, emitiendo sucesiva o alternativamente una película, un programa musical, un concurso o un informativo. Hay libros, revistas y periódicos en el teatro de operaciones. También compactos de música y videos. Hay mucho a lo que agarrarse, mucho material susceptible de convertirse en arma arrojadiza.

Esta batalla se lía de repente, digámoslo ya, por una cuestión de gustos.

El gusto divergente, sí, bien podría ser el motivo concreto de la reyerta, pero no lo es en toda su plenitud. Él y ella, a estas alturas, no discutirían por una cuestión de gustos. Cada uno conoce de sobra los del otro, y los acepta o los deplora habitualmente con una equilibrada mezcla de tolerancia e indiferencia.

Si esta batalla estalla es porque hay marejada de fondo. Quizá queda cerca otra batalla de esta guerra mal resuelta, que ha dejado heridas que no cicatrizan bien. Quizás sobrevuela el escenario un conflicto latente de mayor envergadura, de los que no se tratan aquí. O quizá, simplemente, se han acumulado en la atmósfera dosis contaminantes de fastidio y cansancio.

Quizá es, sencillamente, una de esas noches de verano de mucho calor, suda el cuerpo sobre las telas calientes del sofá, y una chispa cualquiera, un personaje que se interpone, una mosca que pasaba por ahí, provocan el incendio.

Por ejemplo, Sharon Stone. Echan en la tele *Instinto básico.*

—¿De verdad vamos a ver esta película hasta el final? —dice él.

—La estoy viendo yo, tú estás leyendo —apunta ella.

—Pero me estoy enterando de todo y me distraigo. Esa tía me pone malo.

—Pues a mí me cae bien.

—¿Que te cae bien Sharon Stone? No lo entiendo.

—La encuentro fresca, libre, hace lo que le da la gana. Se lo ha sabido montar.

—Eso, seguro. Se ha debido de montar a medio Hollywood.

—Y tú no estabas allí para aprovechar la ocasión, pobrecito.

—¿Yo?, ¿con Sharon Stone? No es mi tipo.

—Menos lobos.

—La encuentro excesiva. Tiene los hombros, las caderas y las piernas sobrecargados. Si te fijas, nunca nos dejan ver sus piernas enteras. Sobre todo, por detrás.

—Por detrás, con verle el culo vamos que chutamos.

—¿Te gusta, de veras, el culo de Sharon Stone?

—Hombre, yo prefiero el de Richard Gere. El culo de Sharon Stone te tiene que gustar, mayormente, a ti.

—Pues no me gusta.

—Mientes más que hablas.

—Me gusta un tipo de mujer más equilibrada.

—Como quién, a ver.

—Por ejemplo, Emma Thompson.

—¿Emma Thompson te gusta a ti? ¿Esa marisabidilla, con esa cara de primera de la clase, con esa pinta de no haber roto nunca un plato? No te puedo creer.

—Es atractiva, es inteligente, hace películas que valen la pena, tiene sentido del humor.

—Es una tía plasta, se lo hace de culta y de fina y va de superior por la vida. No la aguanto.

—No la aguantas porque tiene todo lo que una mujer de hoy tiene que tener.

—¿Qué insinúas?

—No insinúo nada.

—Pues mira, yo tampoco insinúo nada. Afirmo que no te gusta Sharon Stone porque es el tipo de mujer ante la que un tío como tú se caga de miedo.

—¿Yo?

—Sí, tú.

Ya ha sucedido todo lo que podía suceder en esta clase de batalla. Comenzando por el final, por lo más obvio, las imputaciones han pasado a hacerse personales. El personaje o el tema interpuesto han servido para derivar a reproches más íntimos. El personaje convocado ha cumplido su misión como mero asunto de paja, y los contendientes se aprestan a encarar un conflicto particular de más calado.

La cuestión de gustos acabará fácilmente en un disgusto porque la discusión no es, justamente, sobre gustos, sobre lo más superficial del gusto de cada cual. La discusión busca con afán aterrizar en el auténtico motivo de disgusto, en lo que no gusta al uno del otro y al otro del uno. Están pasando, ahora sí, a cuestiones de fondo.

Pero ha sucedido, si bien nos fijamos, otra cosa aún más interesante. Para mejor zaherir al otro, para hacer la trifulca más enervante, para conseguir un daño más eficaz, él y ella han falseado sus auténticos puntos de vista.

¡Pues claro! Puede que a él le guste Emma Thompson, pero no hay duda de que Sharon Stone, con rima y todo, le pone. Puede que ella admire de Sharon Stone algo de su condición de mujer libre, pero no hay duda de que Emma Thompson es una mujer mucho más acorde con sus gustos de chica posfeminista.

Discutir no desde las propias posiciones, sino desde el disimulo de las propias posiciones es una de las más brillantes perversiones de la guerra del sofá. No siempre sucede así, pero, cuando sucede, el espectáculo alcanza gran esplendor por su confusión y barroquismo.

Negar el posible argumento del otro con la estrategia de hacerlo propio, pero degradándolo, es de una formidable sofisticación y el colmo del sofisma: para desprestigiar lo que el otro piensa no hay que decir lo contrario, sino decir sin pensarlo lo que el otro diría. ¡Magnífico!

Semanas o meses después tal vez vuelva a producirse la misma batalla. Entonces, cada cual negará haber dicho lo que dijo, asegurará que fue el otro quien dijo lo que uno dijo y exigirá que se respete lo que ahora está diciendo.

—¿Ponemos el compacto de Tom Jones? —dice ella.

—Como quieras, pero sabes que a mí no me gusta mucho Tom Jones —contesta él.

—¡Si me pediste que te lo regalara por Reyes!

—Es que prefiero que tú me regales a mí lo que te gusta a ti. Así acierto yo y aciertas tú.

—¿Me estás diciendo que a mí me gusta Tom Jones?

—Exacto.

—¿Y de dónde te has sacado tú eso?

—Un día dijiste que Tom Jones era genial y que Elton John era una mierda.

—Diría, en todo caso, que comparado, *comparado* con Elton John, Tom Jones es un genio, y lo mantengo. En fin, dejémoslo, si quieres ponemos a Elton John, a mí me da igual.

—A mí, también. Elton John no me parece ninguna maravilla.

—¡Pero si te pusiste como una fiera cuando yo dije que Elton John era una mierda! Le defendiste como si fuera de tu familia.

—Yo sé perfectamente lo que dije. Dije que era una exageración por tu parte decir que Elton John era una mierda. Eso no significa que yo piense que Elton John es genial. Elton John está bien y punto.

—¡Elton John! Una salchicha con patas, no es más blando porque no ensaya.

—¡Como a ti te gustan los camioneros empalmados!

—¿Los Camioneros Empalmados? ¿Quiénes son ésos? ¿Un grupo nuevo?

—¿No fue camionero Tom Jones?

—Fue minero, y la alusión me parece una ordinariez por tu parte.

—Bueno, vale, lo retiro.

—Mejor así.

Breves instantes de meditación conjunta.

Habla ella:

—¿Y qué ponemos?

—Lo que tú quieras, cariño.

—Di tú, mi amor.

—Si es que me da igual.

—A mí, también.

—Pues pon a Tom Jones.

—¡Por tus cojones!

Él la mira para asegurarse de si ella lo ha dicho en serio o en broma. Y no se asegura, no.

17. LA BATALLA DE LOS RECADOS

¿Y ahora me lo dices?

En el sofá, mientras la noche, como las personas, cae en horizontal, antes del último sueño y después del penúltimo, esa larga cabezada a mitad de película, se agolpan los recuerdos.

No se trata de los grandes recuerdos, no, el primer amor (o el segundo y el tercero, mejores aún), aquella excursión a Miraflores de la Sierra (¿quién no guarda un buen recuerdo de Miraflores de la Sierra?), las noches con Reyes (todavía mejores que las Noches de Reyes). No, no se trata de esa clase de recuerdos, de los momentos culminantes de una vida, corta, desde luego, y no demasiado intensa.

Se trata de los recuerdos del día, también corto, recuerdos que pueden caer en el olvido, una caída que hace mucho daño.

—Se me olvidaba, ahora me acuerdo de que alguien me ha dado esta mañana un recado para ti.

—¿Ah, sí? ¿Y quién era?

—No me acuerdo, espera, mmm...

—¿Te acuerdas o no te acuerdas?

—Bueno, me acuerdo de su cara, pero no recuerdo su nombre... Aquella chica que trabajó contigo, mmm...

—Sonsoles.

—Exacto, Sonsoles. ¿Cómo lo has adivinado?

—Siempre que alguien te da un recado para mí, pero no te acuerdas de dármelo ni recuerdas su nombre, es Sonsoles.

—¿Qué quieres decir con eso?

—Quiero decir que, aplicando un típico mecanismo de defensa, no recuerdas el nombre de Sonsoles para no recordar lo mucho que te gusta y te olvidas de darme su recado para que yo me olvide de lo mucho que te gusta. ¿Me copias?

—¿No es un poco rebuscada esa teoría, cariño?

—La respuesta es: no me gusta que me llames cariño cuando tengo razón. Me rebaja, recuérdalo.

—Lo recordaré.

—¿Y cuál era el recado?

—No me acuerdo.

—¿Y me lo dices así?

—Te lo puedo decir en verso: Sonsoles me ha dado un recado, pero se me ha olvidado.

—¡Vaya verso más malo! ¿Y era importante?

—Como no me acuerdo, tampoco me acuerdo de si era o no era importante.

—¡En qué estarías tú pensando mientras te hablaba Sonsoles!

—Yo sólo pienso en ti.

—No me vengas con esa canción, que el disco está rayado.

Al acabar el día parece que han terminado todas las obligaciones, pero queda la peor: recordar los recados. Si uno no se acuerda, a tiempo, antes de dormir, de todo lo que tiene que acordarse, la guerra del sofá vivirá una de sus batallas más encarnizadas.

—Por cierto, te ha llamado Álvaro Luis.

—¿Y ahora me lo dices?

—Más vale tarde que nunca.

—Y más vale pronto que tarde. ¿Qué quería?

—No me lo ha dicho.

—¿Y se lo has preguntado?

—Si se lo hubiera preguntado, me lo hubiera dicho. Supongo.

—Te tengo dicho que preguntes a la gente que llama a ver qué quiere.

—Y si me dicen qué quieren, ¿se lo doy?

—No le encuentro la gracia.

—¿Lo ves? A ti también te fastidia que te hagan preguntas.

Los recuerdos de los recados traen problemas, pero los problemas nunca vienen solos cuando vienen acompañados de los otros recados, los asuntos pendientes, las gestiones del día siguiente.

En casa hay muchas cosas que hacer, y lo normal es que nadie quiera hacerlas.

Bueno, no, eso sería muy fuerte. Lo normal es que nadie pueda hacerlas.

—Habría que recoger mañana el despertador de la relojería. Lleva una semana arreglado.

—Ajá.

—Vas tú, ¿vale?

—No, yo no puedo.

—Pero tú has dicho que «ajá».

—Como muy bien sabes por experiencia, «ajá» significa lo mismo que «habría que», y «habría que», no nos engañemos, significa que «ni tú ni yo podemos».

—¡No me digas!

—Verás, haz la prueba, sustituye «habría que» por «ni tú ni yo podemos», y comprobarás que se entiende igual, incluso mejor. En el caso que nos ocupa, «ni tú ni yo podemos» recoger mañana el despertador de la relojería. ¿Lo ves?

—¿Me vienes ahora con juegos de palabras?

—Juergas de palabras.

—¡Pues vaya risa!

—¡Tía Felisa!

—Lo malo es que no he terminado. Mañana, habría que recoger también un paquete de Correos y unos zapatos en el zapatero.

—¿Para quién es el paquete?, ¿de quién son los zapatos?

—Para ti. Tuyos.

—Ejém... Lo justo sería compartir estos encargos, no cargarlo todo sobre tus espaldas.

—¿Mis espaldas? ¡Son tus cosas!

—Eso digo, eso digo. Si tú fueras a por el paquete, yo...

—El paquete es lo que queda más lejos.

—Por eso precisamente. Si tú fueras a por el paquete, yo, a cambio, me haría cargo de los otros dos encargos. Te ofrezco un buen acuerdo, ¿no?

—Me ofreces tener que ir hasta Correos, que queda donde María Antonieta perdió la cabeza, y tú te reservas dar una agradable vueltecilla por el vecindario. ¿Es eso un buen acuerdo?

—Mira, chica, yo estoy poniendo mi mejor voluntad...

—Que es nula.

—¿Y si lo echamos a suertes?

—¡Qué fuerte!

18. LA BATALLA DEL ZAPEO

La lucha por el mando

La lucha por el poder es capital en la relación de pareja. Tanto él como ella, tarde o temprano, quieren mandar en el otro. Y si no quieren, si no lo desean conscientemente, da lo mismo, porque en algún momento, más bien antes que después, uno reprochará al otro que es un mandón, un autoritario, que siempre hay que hacer lo que él dice, que agobia con sus órdenes.

Y puede que sea verdad. Si no lo es, da igual. Es la percepción de cada uno, parcial o imparcial, lo que cuenta.

Antiguamente, o sea, hace unos pocos años, la facultad de ejercer el poder residía por definición en el varón, en el padre, en el patriarca. La mujer obedecía, callaba, mascaba su disconformidad por las esquinas o se vengaba de tanta imposición tomándose ciertas libertades clandestinamente, fuera del alcance del tirano jupiterino.

Las excepciones estaban muy mal vistas por todos.

—En esa casa es ella la que lleva los pantalones.

Ese veredicto era muy desprestigiante. El hombre pasaba a engrosar la categoría de los calzonazos y la mujer quedaba catalogada como una marimandona. Un calzonazos y una marimandona no agradaban a nadie, ya que el pensamiento dominante, tanto entre hombres como entre mujeres, refrendaba y acataba la norma de que en un matrimonio debía mandar el marido. ¡Qué tiempos!

Por entonces, las mujeres, claro, no llevaban pantalones.

Ahora las parejas se forman sobre una constitución no escrita que establece un reparto paritario del poder, de la capacidad de decisión. Cada miembro de la pareja tiene un voto, y si no hay unanimidad, tiene que haber diálogo y pacto.

Pero ésa es la teoría. En la práctica, como íbamos diciendo, hay lucha de poder porque hay tendencia irrefrenable a imponerse al otro, salvo en las decisiones antipáticas, en aquellas decisiones que suscitan pereza a la hora de analizar los pros y los contras que den lugar a una postura acertada o en aquellas otras tan comprometidas que nadie quiere correr con la responsabilidad.

—¿Nos vamos o nos quedamos? Decide tú, cariño.

—No, no, decide tú.

—Si es que a mí me da igual irme que quedarme.

—A mí también me da igual.

—Pero di tú.

—No, di tú.

—Siempre tengo que decidir yo.

—Venga, pues nos vamos.

—¿Y si nos quedamos?

—Para qué me dices que decida yo, si luego vamos a hacer lo que tú quieras.

—¿No me has dicho que decida yo?

—Y tú me has dicho que decida yo. Anda, venga, decide tú.

—No, no, di tú.

¿Quién tiene aquí el mando? Desde que existe el mando a distancia del televisor, tener el mando es, con grosería pleonásmica, tener el mando.

El mando a distancia no es un símbolo del poder como lo es el cetro real o el báculo pontificio. El mando a distancia es el mando mismo.

Con el mando a distancia eliminamos una realidad que está ante nosotros, hacemos surgir otra nueva, viajamos de una a otra, podemos estar en varios escenarios casi a la vez, alcanzamos una ubicuidad de rango divino, lo vemos todo como Dios, decidimos implícitamente lo que está bien o está mal, censuramos, aplaudimos, suprimimos a unos y damos vida a otros, creamos un relato hecho de fragmentos de relatos... Hay gente con mucho poder que no tiene tanto como el que se tiene con el mando.

No es de extrañar que, en el sofá, cada uno quiera tener el mando a su lado. Quedarse con el mando, en el momento de sentarse en el sofá a ver la tele, ya es un gesto de prepotencia y de hostilidad hacia el otro, un gesto que rara vez pasa inadvertido. Lo correcto es dejar el mando en el sofá entre uno y otro o en la inevitable mesita revistera, al alcance de ambos por igual.

De no ser así, de no estar el mando equidistante, él o ella intuyen que el otro, en algún momento, hará un uso abusivo que, además, tendrá la virtud de manifestar egoísmo o generosidad, aprecio o desprecio, carácter dictatorial o democrático.

Porque quien ha pillado el mando conoce el gusto del otro y, según actúe, estará demostrando respeto o falta de respeto hacia el otro.

Y hay algo que no falla: aunque uno haya renunciado a ver la televisión y esté enfrascado en otro entretenimiento, siempre protestará si el otro utiliza el mando para zapear compulsivamente.

—Me estás mareando con tanto zapear.

—¿No estás leyendo?

—Por eso mismo. Los cambios de sonido y de luz me distraen.

—Tú estáte a lo que estás y no te distraerás.

—No puedo concentrarme.

—No te concentras porque espías lo que yo estoy viendo.

—Tú no estás viendo nada, tú estás yendo de un lado para otro sin ton ni son.

—Me estás fiscalizando. Si tú estás leyendo, ¿qué más te da lo que yo vea o deje de ver?

—Es que no tiene sentido estar yendo de un sitio a otro.

—Cuando tú lo haces, ¿sí tiene sentido?

—Yo no cambio de canal cada diez segundos.

—Cada quince.

Pero, por ser el mando un instrumento tan codiciado, todo el lío ha podido empezar un poco antes.

—¿Dónde está el mando?

—No sé.

—Ayer lo tuviste tú al final, porque yo me fui a la cama, o sea...

—Lo dejé por aquí.

—Te he dicho mil veces que hay que dejarlo siempre sobre el televisor. Así siempre se sabe dónde está.

—Lo habrá cambiado de sitio Adelina.

—Siempre le echas la culpa a Adelina.

—Cambia las cosas de sitio al limpiar.

—Ya.

La búsqueda del mando es muy angustiosa. Entre los cojines del sofá, el barullo de prensa de la mesita revistera, los montones de cintas de video, los libros, el mando no aparece así como así. Y, como el mando se lo va a quedar el que lo encuentre, su búsqueda se convierte en una operación de caza y captura.

Apareció, y ahora la película que se pretende ver suena en inglés.

—Me parece bien que quieras ver las películas en inglés cuando yo no estoy, ¿pero tanto te cuesta volverle a dar al botón del castellano al acabar?

—¿Tanto te cuesta a ti darle ahora al botón del castellano y no dar la murga?

—¡Es que me jode que lo dejes de cualquier manera!

—Lo que te jode es no saber inglés. ¿No ibas a estudiar inglés este año?

—Ahora el problema va a ser que yo no sé inglés, no te digo...

—Ni más ni menos.

—¡Y tú no sabes latín!

—Sí, pero no echan películas en latín.

—¿Y *Quo Vadis?*, qué?

—¿Hay que reírse?

El mando es uno de los aparatos mimados de la casa. No sólo es importante tenerlo localizado y tenerlo a secas. También es importante tenerlo bien conservado. Molesta mucho que al otro se le caiga al suelo y, por supuesto, que las pilas se agoten sin que nadie las reponga. Otro problema de reposiciones en el hogar.

—Esto no va —dice él apretando infructuosamente cualquier botón.

—Ayer ya estaba mal de pilas, te lo dije.

—¿Y por qué no has comprado pilas nuevas esta mañana?

—Para eso te lo dije, para que las compraras tú. Yo no puedo estar en todo.

—De todo a nada hay mucha diferencia.

—Oye, no vamos a discutir ahora por tu maldito mando.

—No es mío, es de los dos.

—Tú lo estropeas con más dedicación y cariño. Por ejemplo, cuando le pones encima tus manos llenas de grasa. Está guarrísimo.

—¿Mis manos llenas de grasa? Cualquiera que te oiga pensará que soy un mecánico del automóvil.

—Lo usas mientras cenamos sin limpiarte las manos con una servilleta. El mando, te lo tengo dicho, coge toda la grasa.

—Pues se mete en la lavadora, y ya está.

—¿Sabes lo que te digo?

—¿Lo sabes tú?

—Que me voy a la cama.

—Pues pásame el mando.

—¡Toma!

Y es entonces cuando el mando se tira así, de cualquier manera, sobre el sofá con la peor de las intenciones: que caiga encima del otro, que vaya directo al suelo, que haya que hacer un esfuerzo por cogerlo al vuelo, que aterrice sobre el sofá lejos del alcance del otro.

Ahora, las parejas civilizadas ya no se tiran mucho los trastos a la cabeza. Se tiran el mando.

19. LA BATALLA DEL RETRETE

Con o sin eufemismos

Se siente de veras, pero había que llegar a esto. Más tarde o más temprano. Vivir en pareja supone, inexorablemente, llegar a esto. La convivencia y el amor pasan por el retrete.

Podemos disimular, obviar, eludir, maquillar este feo asunto, pero, en tal caso, no estaríamos siendo veraces. El amor tiene una prueba de fuego en el retrete, con o sin eufemismos.

¿Que nunca sale el retrete en las comedias románticas? Ah, ésa es otra cuestión. Las comedias románticas cuentan mentiras, mentiras para soñar, mentiras deliciosas, pero aquí se están contando verdades arriesgadas.

La vida de los enamorados, incluso la vida de un matrimonio, pasa por el retrete.

¿El baño? El baño es y no es lo mismo que el retrete. El baño para bañarse, para ducharse, para afeitarse, para lavarse los dientes, es otra cosa.

Hay un momento, muchos momentos en la vida, uno por lo menos cada día, si todo va bien, en que el baño no es exactamente el baño. El baño es el retrete. Hay que asumirlo. Es un reto, que diría un político.

Mucha gente tiene ya casas con dos baños. Bueno, con un baño y un aseo, que se dice. ¿Y por qué se dice aseo? ¿No se asea uno también en el baño?

El aseo es como la pequeña zodiac amarrada al costado del yate. Sirve para una emergencia, para una tarea auxiliar, pero lo que mola es pasearse por la cubierta del gran barco.

Nadie utiliza el aseo si está libre el baño, y cuando el baño está ocupado, no sirve de mucho tener el aseo. Se pensaba que ahí estaba el lujo, el desahogo, que con un baño y un aseo siempre podrían ella y él atender sus necesidades, en el sentido amplio de la palabra, sin meter prisa al otro. Pero no, siempre hay algo que uno necesita coger del baño principal cuando el otro lo está utilizando.

Baño ocupado. Puerta cerrada. Toc, toc. Conversación baño/pasillo.

—¿Me abres?

—Ahora no se puede. Vete al otro.

—No puedo. Necesito el albornoz.

—En el aseo tienes otro albornoz.

—Pero es que necesito el albornoz que tengo ahí dentro, porque tengo una cosa en el bolsillo.

—¿Qué cosa?

—¡Todo tienes que saberlo!

Pasan unos segundos. El de dentro está investigando.

—En el bolsillo sólo tienes una pomada.

—Eso es lo que necesito, la pomada.

—¿Y la necesitas ahora mismo?

—Mejor que mañana.

—Un momento.

El de dentro abre la puerta, pero ya está curioseando, tubo en mano, la pomada.

—Esta pomada es para las hemorroides. ¿Tienes hemorroides?

El de afuera, pese a la lógica confianza, a estas alturas, quería conservar su intimidad. Se enfada, al tiempo que arrebata la pomada al otro.

—¡No, no tengo hemorroides! Tengo conjuntivitis. ¡Por eso necesito la pomada de las hemorroides!

—Hemorroides suena a nombre de califa árabe. ¿Lo habías pensado alguna vez? Hemorroides Tercero de...

—¡Vete al cuerno!

La taza. Esa es otra. La taza, sí. La taza del retrete. ¿O preferimos decir váter? Esto va en gustos, pero, con franqueza, ni retrete ni váter son palabras, digamos, biensonantes. Difícil elegir. ¿Inodoro? ¡Por favor! ¿Quién podría enamorarse de alguien que nos dijera que hemos dejado levantada la tapa del inodoro? ¡Qué cursi!

Pues precisamente dejar levantada la tapa del retrete proporciona armamento para la guerra del sofá.

—Has dejado, otra vez, levantada la tapa del retrete.

—Lo siento, no volverá a ocurrir.

—Ya. Pero es que, además, has puesto todo perdido. ¿No podrías apuntar mejor o, en su caso, utilizar papel para limpiar los alrededores?

Esto es así. Las chicas, por la morfología de su mecanismo, logran hacer diana en la taza sin problemas, pero los chicos disponemos de un dispositivo que, sin remedio, carece de la debida precisión y tiende a desviarse.

—Pues apunta bien, tío.

—Yo, lo que se dice apuntar, apunto, pero es que no soy la OTAN, no tengo un lanzamisiles por ordenador.

—¿Lanzamisiles? Desde luego que no.

—¡Y la OTAN también falla!

—Se trata de limpiarlo, de no ser un guarro.

—¡Quién habló! ¿Conoces acaso la existencia de la escobilla? Después de ciertas tareas, hay que pasar la escobilla para evitar la formación de fósiles, querida.

—Con el escobón de barrer, que tú ignoras, tengo yo bastante.

—Mezclas las cosas según te conviene.

—¿Y te conviene a ti dejar un cementerio flotante de uñas de los pies en el pequeño lago?

—Lo lamento, amor, yo creía que pasaban desapercibidas entre la tupida maraña algiforme de tus pelos, cada vez que te alisas esa cabellera, espléndida por otra parte.

—¿Algiforme? Humm... ¿Viene esa palabra en el diccionario o es otra de tus geniales invenciones?

El mapa del dulce hogar tiene muchos centros nucleares. El dormitorio, la cocina, el cuarto de estar, los cuartos de trabajo de cada uno, si los hubiere, pero el retrete es nuclearísimo. La bomba atómica, sólo sea por su capacidad expansiva.

—Se abre la ventana después de hacerlo, ¿sabes?

—Ah, ¿pero no se fuma un cigarrillo? En las películas yo siempre he visto que, después de hacerlo, se fuma un cigarrillo.

—Ahora que lo dices, también podría ser una solución. El olor del tabaco no es tan malo, pero seguro que tú dejarías la colilla flotando en el pequeño lago.

—¿La colilla? ¿Me he metido yo con la insignificancia de tus dos...? En fin, vamos a dejarlo, que empiezan *Las noticias del guiñol*.

—De acuerdo, pero, antes, vete a abrir la ventana.

—¿Para tirar por ella ese cadáver sanguinolento que yace junto a la taza?

—¿Qué cadáver? ¡No me asustes!

—¡Tu compresa, guapa!

20. LA BATALLA DE LAS NUEVAS TECNOLOGÍAS

¡Apréndetelo tú!

La eclosión de las nuevas tecnologías en un mercado hiperliberalizado y concurridísimo se abate como una ola gigantesca sobre las playas del sofá.

La pareja está desbordada, anegada por una inundación de folletos, prospectos, anuncios televisivos y llamadas telefónicas que proponen un sinfín de cambios, ventajas, descuentos, ofertas y gangas si abandona su actual operador de telefonía, su actual móvil, su actual portal de Internet, su actual todo y se pasa a lo último de lo último, que es más barato, más rápido, más fetén y, además, regala y premia si la pareja se abona, se suscribe y se apunta.

Suena el teléfono. Coge él.

—Le habla la señorita Ana Carrión de Supermovi. ¿Dispone usted de un minuto?

—Un momento, por favor, que ahora se pone mi mujer.

Él siempre le hace la misma jugada.

—Para ti, cariño.

Ella se pone al teléfono, ajena a la emboscada, y cuando se ve ante la señorita Ana Carrión de Supermovi le amenaza a él de muerte por señas y con toda clase de muecas.

La señorita Ana Carrión le pregunta a ella si conoce el nuevo plan de Supermovi de llamadas locales con tarifa mínima a partir de las siete de la tarde, excepto viernes, y bla, bla, bla.

Cuando ella se desembaraza como puede de la señorita Carrión, lo cual ocurre después de escuchar parte de su perorata, porque a ella le da corte cortar por lo sano a la señorita Carrión, ella se va derecha y hecha un basilisco hacia él.

—¡Otra vez la misma gracia, cabrito!

—Pero es que tú, mi amor, comprendes mucho mejor que yo esta clase de proposiciones, tú te enteras mejor de lo que cuentan.

—¡Falso! Cualquiera se entera si pone atención, pero a ti no te da la gana.

—Es que estas cosas me aburren, me falta paciencia, mentalidad analítica, nunca sé qué hacer. O digo que sí, o digo que no, pero nunca sopeso lo que me dicen.

—No sopesas porque no quieres sopesar. Tú sopesas lo que te interesa.

—¡Exacto!

—Pues esto era interesante. Resulta que, si nos pasamos a Supermovi, nos hacen un descuento...

—Yo no quiero pasarme a Supermovi —interrumpe él.

—Lo que tú no quieres es prestarme atención. Yo he aguantado el rollo a esa tía, y ahora tú me vas a escuchar a mí. Si nos pasamos a Supermovi...

—¡No, no, Supermovi, no! —grita él como si estuviera viendo al Conde Drácula.

—¡Supermovi, sí! —grita también ella.

Él la mira muy serio, muy preocupado, y es claro que intenta una maniobra.

—Oye, perdona, espera un momento —él habla con gravedad—, me estás asustando. Has gritado como si fueras una santera haitiana llamando al diablo. Cálmate, por favor. ¿No irás a contorsionarte y a lanzar espuma por la boca?

—No trates de cambiar de tema. ¡Te vas a enterar de lo que es Supermovi!

Cada día llegan al buzón un montón de papeles y de cartas que proponen traspasar las nuevas fronteras del progreso con la adquisición de aparatos de la tecnología más punta.

No hay forma de procesar, de asimilar todo ese ingente material que, además, se añade a las ofertas en detergentes y otros productos de los varios hiper, súper y megamercados del barrio.

Por no hablar de las propuestas de los bancos, también llamadas productos, esas sugerencias de la nueva tecnología financiera en el campo del ahorro y la inversión, fondos de renta fija o variable, compra de acciones, créditos, tarjetas, depósitos y planes de pensiones con sus correspondientes y azarosos mínimos, plazos y ventajas fiscales.

—¿Dónde has dejado las cartas del Bancuento y del Banchip?

—Las he tirado.

—¿Las has tirado?

—Sí, las he tirado porque nunca las leemos. Nadie las lee. De nosotros, me refiero.

—¡Yo las leo!

—Tú las lees cuando las lees. Muy pocas veces, y mientras tanto se acumulan hasta ahogarnos, aunque, en ocasiones, llegamos a flotar encima de todas ellas.

—Pues Banchip nos ofrecía unos bonos muy buenos canjeables por letras convalidables a tres meses...

—Yo ya me he perdido.

—¡Nos lo hemos perdido!

Ellos han comprado hace un mes un lector de DVD, que es futuro inexcusable mientras el magnetoscopio, que ahora suena a aparato de médico, y las videocasetes agonizan penosamente.

Vino el técnico de la gran superficie, lo dejó instalado, les dio tan precisas como rápidas instrucciones de funcionamiento, ellos escucharon distraídamente, y ahí está el cacharro, muerto de risa, sin que ninguno de los dos sepa ponerlo en marcha.

—Habría que intentar que este artefacto funcione.

—Tienes toda la razón.

—¿Y qué vamos a hacer?

—Eso digo yo.

—Alguien tendría que aprenderse las instrucciones.

—Tienes toda la razón.

—Habremos perdido el manual de uso, supongo.

—No, está en la Bimafo esperando su turno.

La Bimafo es la Biblioteca de Manuales y Folletos. Esta pareja ha conseguido abrir una sección en sus estanterías exclusivamente dedicada a la literatura sobre todos los aparatos de nuevas tecnologías que tienen en casa.

En ella se agrupan los manuales de sus ordenadores, de Internet, de los móviles, de la videocámara digital, de las máquinas de fotos, de los lectores de compactos musicales, de todo, incluidos los electrodomésticos de nueva gama.

Es una sección nutrida, completada con algunos libros del tipo *Correo electrónico para lerdos*, *PC para simples*, en fin, esa clase de publicaciones graciosas que pretenden enseñar a manejar las nuevas tecnologías a los usuarios menos capacitados.

—¿Y bien?

—Yo no dispongo hasta el sábado de dos horas libres para el estudio.

—Estamos en las mismas.

—Te propongo un pacto. Podríamos pasar la tarde del sábado empollando. Yo me estudio el manual del lector de DVD y tú te aprendes de una vez el manejo del fax del móvil.

—De acuerdo. Podríamos hacer esquemas sencillos en un papel y nos los intercambiamos.

—Bien.

—Pues de acuerdo.

—Conste que tú lo tienes más fácil, porque lo del fax ya viene resumido.

—Bueno, pero hasta no tener un resumen del resumen no haremos nada.

—También es verdad.

Pasan la tarde del sábado estudiando, en alegre camaradería, y, después de cenar, se intercambian papeles y experiencias.

—¿Qué dice aquí?

—No dice nada, he dibujado una flecha hacia arriba para indicarte la posición en la que tiene que quedar la tecla de la derecha que está debajo del temporizador.

—Creía que era una abreviatura. No entiendo nada.

—Pues está clarísimo.

—Estará clarísimo para ti, pero se trataba de que yo también lo entendiera.

—Es que tú no entiendes nada.

—Eso mismo pienso yo. Todo este asunto iría mejor si estuviera en tus manos, que tienes más capacidad para esto.

—Ya. Tú pretendes que mi presunta capacidad supla tu indiscutible vagancia.

—No empecemos.

—Vale.

Se sosiegan los ánimos, se supera la fase teórica y ambos deciden abordar la fase práctica. Ponen en marcha el lector de DVD. Nada, no arranca.

—Te has saltado el tercer paso.

—¿No era darle a *intro*?

—*Intro* viene después. Antes es *on*.

—¿Pero dónde está *on*?

—*On* está junto a *in*.

—¿Y dónde está *in*?

—Estás cegata o qué. Lo tienes delante de tus narices.

—Oye, guapo, no pierdas la calma que esto me apetece a mí tanto como a ti.

—Es que a mí me da por el saco.

—¿Sabes lo que hago yo con tu mierda de resumen?

—¡Nooo, el resumen del resumen, noo!

Demasiado tarde. Ella ha roto el resumen del resumen en mil pedazos, y va a sentarse al sofá dando por terminada la sesión. Él recoge los papelitos uno a uno e intenta recomponer el resumen del resumen mientras blasfema por lo bajo.

Ella, desde el sofá, hojeando tensa el *Cosmopolitan*, pregunta:

—¿No venderán un *Manual de DVD para oligofrénicos profundos*?

21. LA BATALLA DEL SUEÑO

¿Que yo ronco?

Al filo de la medianoche, el alma se serena. Después de una jornada por definición agotadora, ella y él caen rendidos, pero no en los brazos del otro, sino sobre los mullidos cojines del sofá.

No buscan precisamente cultivar su intimidad, regar el jardín de sus relaciones con suaves palabras y tiernos gestos de proximidad. Ni tan siquiera pretenden mantener esa conversación inaplazable, tantas veces aplazada, sobre un problemático asunto doméstico.

No. El relajo del espíritu erizado por las inclemencias del día les lleva, con frecuencia, al silencio, a la prudente y matizada distancia, a una cierta indiferencia.

Como Portugal y España, ahí están, tan cerca y tan lejos. Juntos, pero nada revueltos.

Uno lee el periódico, el otro lee un libro. Uno abre la correspondencia, el otro escucha música por su walkman. Puede que espíen a la vez la película de la televisión.

El alma se serena, sí. Pero el cuerpo todavía más. La nuca busca acomodo en la parte superior del respaldo del sofá, el culo se hunde al borde del asiento y las piernas se estiran y se cruzan sobre la mesita de las revistas. Así, no es de extrañar que el acechante sueño se apodere fatalmente de uno de ellos, lo cual molesta mucho al otro.

—Te estoy hablando.

—Mmmmzzz.

—Que te estoy hablando.

—¿Cuándo?, ¿quién?, ¿qué pasa? —él ha pegado un bote.

—Ahora. Yo. No pasa nada. Te estoy hablando, nada más.

—¡Me has dado un susto de muerte! Creía, yo qué sé, que se incendiaba la casa.

—Y si un día se incendia la casa, ¿querrás que te despierte o preferirás seguir durmiendo? Necesito instrucciones precisas, por favor.

Los dos están enfadados. Él, que dormía, se ha sobresaltado de verdad y se siente humillado, no quiere reconocer que estaba frito y, lo que es peor, roncando.

—¿Que ronco yo?, ¿desde cuándo ronco yo?

—No apunté la fecha del inolvidable día en que te oí roncar por primera vez, pero quiero que sepas que conservo el mejor recuerdo pese al largo tiempo transcurrido. Fue muy hermoso.

Ella, que le estaba hablando, se considera menospreciada, desatendida. El sueño de él es una muestra de desinterés hacia ella que le fastidia.

Además, verle ahí tirado, con la cara grotescamente desdibujada, como si estuviera durmiendo la mona, no es agradable y, como él supone, no mejora su imagen.

—¿Y qué me estabas diciendo tan importante?

—Te decía que la película ha terminado hace veinte minutos y que me voy a la cama.

—¿Y, para decirme que te vas a dormir, me despiertas a mí? ¿No es eso un contrasentido?

—¡Un contrasentido! ¡Dios mío! Dime que no lo dices en serio, no soporto los contrasentidos.

Ella está de pie, a punto de salir al pasillo, camino del dormitorio. Él se recompone como puede hasta alcanzar cierta verticalidad que le devuelva la dignidad y la conciencia.

—Está bien, bonita, lo siento, ha sido un día muy duro, estoy hecho polvo, no volverá a ocurrir.

—No volverá a ocurrir hasta mañana. Todas las noches te duermes en el sofá.

—¿Y tú cómo lo sabes, si tú también te duermes muchas noches?

—Yo no me duermo, yo cierro los ojos cuando escucho música.

—Ella cierra los ojos cuando escucha música, ¡qué fina! Yo, sin embargo, me abotargo y me entrego al torpor, ¿verdad?

—Lo has explicado perfectamente. Yo no hubiera sido capaz de encontrar a estas horas la palabra «torpor».

—¡Lo que demuestra que estoy muy despierto!

—Y yo, muy dormida. Adiós.

Ella se va a la cama, muy irritada, y allí se encuentran ambos minutos después. Él, entonces, se muestra cariñoso, comunicativo, en forma.

—Preferiría que pusieras tus manos lejos de mí. En cualquier otro sitio, no tengo manías. Estoy dormida.

—Ah, ¿en qué quedamos?, ¿no era yo el que estaba dormido?

—Yo duermo ahora, tú dormías antes. Es probable que la siesta de más de una hora que te has pegado te haya quitado el sueño.

—Tú me quitas el sueño, encanto.

—Que me quites las manos de encima, te digo.

Él obedece muy contrariado. Silencio. Cada uno escucha la respiración del otro y el ruido del camión de la basura, esa música que cada día pone banda sonora a nuestros sueños.

—Oye...

—Oigo.

—Dime, al menos, quién era el asesino.

—Si te digo quién era el asesino, ¿me dejarás en paz?

—¡Eso es chantaje! Me muero de ganas por saber quién era el asesino.

—Pues tú verás de qué tienes más ganas.

—¡Tú me matas de ganas!

—Decídete.

Él no se lo piensa dos veces.

—¿Quién era el asesino?

—¿Me lo prometes?

—Te lo prometo.

—El asesino era el cristalero.

—¡Lo sabía!

—Me alegro.

Él no se lo ha pensado dos veces, porque confiaba ciegamente en una segunda oportunidad.

—¡Me lo habías prometido! ¡Estate quieto!

—Mi cuerpo no me obedece, cariño. Mi cabeza no es mi cabeza. Hay otro que está actuando por mí.

—¡Ojalá!

Que en árabe significa: ¡Dios lo quiera!

22. LA BATALLA DEL ORDEN

Busca y encontrarás

—No encuentro *Las cenizas de Ángela.*

—Estarán esparcidas sobre la alfombra.

—Muy aguda.

—Están en su sitio.

—Su sitio era el sofá. Ayer dejé el libro sobre el sofá.

—Sí, y también tenías *El alquimista* sobre la mesa, *Hannibal*, en el suelo, y la *Guía Campsa 2000*, sobre el televisor. ¿Pensabas hacer una hoguera?

—Los estoy leyendo todos a la vez.

—¡Qué capacidad! Leer varios libros a la vez es como no leer ninguno.

—Eso es cosa mía.

—Cosa tuya debería ser mantener un cierto orden. Están todos en su sitio.

Él se arma de paciencia, que diría su madre, se levanta y va a buscar *Las cenizas de Ángela* a la estantería correspondiente. Pero no encuentra el libro.

—No encuentro *Las cenizas de Ángela.*

—Eso ya lo has dicho antes.

—¿No lo habrás colocado al principio de todo, en la A de Ángela, verdad?

—No intentes provocarme, bonito. El libro está en su sitio. En novela extranjera, en la M de McCourt.

—¿En novela extranjera? ¡Já! ¿Y quién te ha dicho a ti que *Las cenizas de Ángela* es una novela? Es un libro de memorias. Tenías que haberlo puesto donde están las memorias y las biografías.

—¿No es una novela?

—No. Son unas memorias noveladas, en todo caso. Si te lo montas de Doña Organización, lo menos que puedes hacer es saber de qué van las cosas.

—¡Quién fue a hablar! El que siempre echa el suavizante en el compartimento del detergente y el detergente en el compartimento del suavizante.

En el terreno del orden, como en tantos otros, se discute con desorden, se va de una cosa a otra, se mezclan reproches.

Toda discusión de sofá es como un potente imán, como un remolino en el agua: atrae asombrosamente todo lo que queda en su radio de acción. Las imputaciones nunca vienen solas, ningún golpe se queda sin respuesta.

—Pues ahora que lo dices —dice él—, y yo no quería decirlo, tú has vuelto a dejar un pantalón y una camisa en el butacón del dormitorio. Nos habíamos propuesto no dejar la ropa tirada por el dormitorio.

—No está tirada. Está doblada y bien colocada. Y la iba a guardar ahora mismo en el armario.

—Sí, claro. Siempre que encuentro algo tuyo fuera de sitio, argumentas que estabas a punto de colocarlo en su lugar. Tengo el don de la anticipación.

—Tienes el don, dudoso, de cumplir la ley del mínimo esfuerzo. Tú guardas tu ropa en el armario, sí, pero con la particularidad de amontonarla sin miramientos. Así, cualquiera. Existen las perchas, querido, habrás oído hablar de ellas, pero tú abres la puerta del armario, y allá va. Adelina se desespera.

—¡Pobre Adelina! Vamos a tener que pagarle un psicólogo.

Y es que mantener el orden es muy complicado. Cuando se logra el orden aparente, cuando todo parece estar como debe, el otro siempre encuentra una norma de exigencia superior que ha quedado sin cumplir, un fallo, un mal paso.

Una mesa puede estar perfectamente ordenada, inmaculada, libre de objetos amontonados o dispersos, pero, ay, el otro descubrirá tarde o temprano que los cajones de esa mesa están atestados de cachivaches que han sido acumulados caóticamente sólo con el fin de preservar el buen aspecto exterior y superficial de la mesa. O de lo que sea.

—También dijimos que los zapatos deberían estar siempre en el armario zapatero del trastero, ¿y dónde están? Me refiero a tus zapatos, por supuesto. Forman una vistosa plantación debajo de nuestra cama, una especie de campo de calabazas, aunque sin alinear.

—Pensaba...

—Sí, ya, pensabas colocarlos en el zapatero ahora mismo.

—Pues es verdad.

—Vas a tener problemas, ya que, sin querer, a los zapatos que asomaban la punta bajo los faldones del edredón, les he ido propinando una patada-chut y deben de estar vagando por el espacio sideral de debajo de la cama.

—¡Lo habrás hecho adrede!

—¡Mentira! Me he tropezado con ellos y, por cierto, he estado a punto de irme de morros contra la mesilla. Claro que el golpe habría quedado amortiguado por la cantidad de periódicos y revistas que tienes sobre ella. También he visto un pañuelo usado y unos calcetines.

—Son para lavar.

—¿Lavas tus calcetines en tu mesilla?

Y es que en una casa se juntan demasiadas cosas. Es muy difícil que todas estén en su sitio, entre otras razones porque no hay sitio para todas.

Ellos se preguntan con frecuencia cómo hacen los propietarios de esas casas perfectamente ordenadas que salen en las revistas de muebles o en los suplementos de los periódicos. ¿Viven, en verdad, sus dueños allí? ¿Hay vida humana en esos decorados que parecen estar hechos sólo para ser fotografiados?

—No encuentro el archivador de los recibos, querida.

—No lo encuentras, porque no lo buscas.

—Ha desaparecido.

—Pega un silbido, como hace tu madre con su perro, y vendrá corriendo a tus pies.

—Ni mi madre ni su perro tienen nada que ver con esto. Dime dónde lo has visto la última vez, por favor, que tengo que guardar los recibos de la luz y del teléfono.

—No cabrán. Perdona que me meta en un negociado tuyo, pero si te obstinas en conservar todos los recibos, incluidos los de hace cinco años, el archivo clasificador va a reventar.

—Conviene guardar todos los recibos por si nos hacen una reclamación.

—Antes de la reclamación se producirá una explosión del archivador, estoy segura.

—¿Te estás mofando de mi archivo clasificador de recibos, verdad? Yo, por lo menos, tengo un control sobre ellos. Tú tienes las cartas de tu banco dispersas por toda la casa, engrosando esos simpáticos vertederos que organizas en cualquier rincón.

—¿Yo, vertederos?

—Sí, vertederos. Me refiero a esos montoncitos de materiales diversos que crecen por todas partes en esta casa y, muy particularmente, junto a tus sillas y sillones favoritos.

—No son vertederos. A veces, dejo algo en el suelo, sí, para recogerlo después y...

—No, nada de a veces. Tú siembras el suelo con cartas, revistas y de todo, y aquello fructifica y aumenta de volumen formando ingeniosas construcciones, pirámides caprichosas...

—¡Te estás pasando un montón!

—Son tus montones, querida, los que sobrepasan las alturas permitidas por las directivas europeas respecto a acumulación de residuos.

—Para ya de una vez, ¿no?

—¿Me llamas al orden acaso?

—Te llamo al orden, sí.

Y los dos se echan a reír.

23. LA BATALLA DEL PAPEL HIGIÉNICO

Mal rollo

El grito es un grito angustiado, de socorro. Se diría que alguien está asaltando la casa. El grito, cual flecha de ballesta, surca vertiginoso el aire, atraviesa pasillos y puertas y va a impactar, indescifrable, acallando el alto volumen del televisor, en la frente de ella, que languidece distraída en el sofá.

Ella, ante lo perentorio de la desgarrada llamada, acude presta en ayuda de él y se lo encuentra en el baño, la cabeza asomando por una medida rendija de la puerta, con los pantalones y lo demás a la altura de los talones. Pero ella, oculto él, no contempla, por supuesto, esa poco estimulante estampa, sólo su rostro desencajado. Mejor así.

—¿Qué te pasa? —pregunta ella temiendo un incendio o el hundimiento del techo.

—¡Que no hay papel!, ¡que me traigas papel!

—¿Y por eso pierdes los papeles?

Ella sabe que él no le está pidiendo dinero, ni entradas para los toros, ni se propone escribir una carta. Ella, fastidiada por haberse tenido que levantar del sofá, va directa al correspondiente armario, vuelve con un rollo de papel higiénico y se lo hace llegar por el reducido espacio que él deja expedito en la puerta.

—¡Otro, trae otro!

—¿Pero qué te pasa? —ella, alarmada—, ¿tienes disentería, gastroenteritis, un cólico?

—No, no tengo nada. Si hubiera siempre un rollo de repuesto, como te he dicho mil veces, no ocurriría esto.

—Y cuando se acaba el de repuesto, ¿qué pasa?

La cabeza de él se agita desesperada, al borde de ser seccionada por la hoja de la puerta.

—Tú trae otro. No vamos a discutir ahora.

—O sea, que vamos a discutir luego...

—¡Otro!

Ella hace otro viaje al armario y vuelve con un paquete de una docena de rollos que prácticamente le incrusta a él en la cara haciendo que la puerta se abra peligrosamente más de la cuenta.

—¡Toma!, ¡que no falte de nada!

Al minuto, como quien dice, rehabilitado y recompuesto, él se persona en el cuarto de estar. Se persona, en efecto, porque viene dispuesto a querellarse.

—Te he dicho mil veces...

—Me has dicho mil veces que me has dicho mil veces que me has dicho mil cosas, sí.

Él respira en profundidad y cuenta hasta cinco, aunque no se termina de relajar.

—Te he dicho mil..., te he dicho que cuando alguien termina el papel, una de dos, o avisa al otro, o, mucho mejor, va y lo repone.

—¿Y quién se acuerda de si, en esta ocasión, lo terminaste tú o lo terminé yo?

—¡Yo siempre lo repongo!

—¡Menos cuando no lo repones!

—El papel higiénico...

—No le llames papel higiénico, por favor. Lo de higiénico es horroroso y hace pensar en lo contrario, en la falta de higiene.

—No trates de desviar la conversación.

—No trato de desviar nada. Podemos empezar ahora mismo un seminario sobre el papel, pero no le llames papel higiénico, que me da grima.

—Grima me da a mí este papel que has comprado. En las ferreterías venden lijas más finas.

—Estaba de oferta.

—¡Como si lo regalan! No quiero más este papel.

—¿Y qué quieres?: ¿papel cuché, papel maché o papel glacé? Si tienes caprichos en esta materia, ocúpate tú de satisfacerlos. Creo que hay un papel japonés, hecho de harina de arroz...

—Vale ya, ¿no?

—Te estoy dando ideas, oye. El papel de seda, en los casos de sensibilidades extremas...

—¡Que ya vale!

—¿Y el papel de fumar? Tú podrías utilizar para tu uso exclusivo uno de esos librillos de papel de liar tabaco...

—Eso te vendría bien a ti para secarte el...

—¡Chisssst! —ella corta con firmeza—. Una cosa es discutir y otra ponerse grosero.

Él se da cuenta de que ha estado a punto de pasarse varios pueblos, se calla y recapacita. Recapacita sobre cómo volver al ataque.

—Las chicas —allá va—, es que es verdad, gastáis el doble de papel, porque hacéis un doble uso, ya que...

—Sabemos todos perfectamente lo que hacemos las chicas.

—Bien, pues entonces deberíais ser especialmente cuidadosas y estar especialmente atentas a...

—Ahora que lo dices, no estaría mal que los chicos también hiciérais un doble uso del papel. Se ve que no basta con sacudir, en fin, ya sabes qué, puesto que luego aparecen esas manchitas, esas filtraciones tan desagradables en el pantalón a la altura del portalillo, por decirlo finamente.

—Eso es en verano.

—Yo no digo si es en verano o en invierno, yo digo que...

—En verano, con los pantalones más finos y más claros, pues...

Ella se está divirtiendo de lo lindo. Él se ha distraído, ha bajado la guardia, y la iniciativa está en manos de ella.

—Esas goterillas tan antiestéticas en lugar tan visible, no sé...

—Es que estos calzoncillos de ahora no absorben nada...

—Chico, pues a grandes males, grandes remedios.

—Ya.

Definitivamente, él se ha despistado. Suele ocurrir en las batallas del sofá, que de pronto se aquietan y derivan hacia el silencio por consumición natural.

Pero ella, con toda imprudencia, tal vez herida aún por el perentorio grito de él, está dispuesta a prolongar la refriega.

—¿Has colocado el nuevo rollo en el portapapel?

—¿Eh? —él se ha quedado enganchado al resumen de la etapa del Tour de Francia.

—Sueles dejar siempre el rollo nuevo de papel sobre la cisterna.

—No es para tanto —está saliendo Pantani en la tele.

—Y nunca retiras el cilindrín de cartón del portarrollos...

—¿Quién? —nada, él no se entera.

—Y si lo retiras, y pones por casualidad el rollo nuevo en su sitio, lo dejas en el baño por no tomarte la molestia de ir a tirarlo a la basura.

—¡Qué tío, Pantani! —él mira fijamente al televisor.

—Es un segundo lo que lleva.

—No, hombre, les lleva dos minutos a los del pelotón.

—Es un segundo lo que lleva retirar el cilindrín y tirarlo a la basura.

Él se da cuenta, por fin, de que ella sigue con la batalla del papel, pero es el día de la batalla de los Alpes.

—Perdona, bonita, ¿no podríamos seguir hablando de esto en otro momento? ¡Es la etapa del Mont Ventoux!

—Tú has empezado.

—Bueno, pues terminamos a la vez.

—Eso no ocurre hace tiempo —dice ella con segundas.

Terminar a la vez en todo es muy difícil, pero es el gran secreto del amor. Incluso cuando se termina.

24. LA BATALLA DE LOS HIJOS

¡Criaturas!

En esta vida no se puede tener todo. Ésta es una de las escasas verdades que nos graban a fuego cuando somos pequeños, pero nadie se resigna a vivir con ella a cuestas. Entre otras cosas, porque esta verdad, como tantas, tampoco es verdad.

Lo que no tenemos se divide en dos categorías: lo que nos falta y lo que echamos en falta, que no es lo mismo. Cuando no echamos en falta lo que nos falta, no pasa nada. Pero cuando echamos en falta lo que nos falta, puede pasar de todo.

Ella echaba en falta un animalillo.

—¿Sabes lo que te digo? Me gustaría que tuviéramos un perro.

—¿Un perro? ¡Se hará caca!

—Y habrá que sacarlo a pasear, y llevarlo al veterinario, y bañarlo. Yo me ocuparé de todo.

—No. Tú te ocuparás de algo los primeros cinco días y yo me ocuparé de todo durante el resto de su corta vida entre nosotros, pues acabará en la perrera municipal.

—¿Acaso no te gustan los animales?

—Mucho antes de conocerte ya no me gustaban los animales.

—¿Me estás llamando animal?

—No me tergiverses, que las tergiversaciones me dan gastritis.

—Un hombre que no ama a los animales no puede amar a las personas.

—Sin embargo, yo te quiero a ti. Como persona, quiero decir.

—No tiene gracia.

—Los tópicos nunca tienen gracia. Por ejemplo: «Un pueblo que no conoce su Historia, está condenado a repetirla.» ¿Tiene eso gracia?

—No desvíes la conversación. Me hace ilusión tener un perro. O un gato. ¿Preferirías un gato?

—¿Prefieres tú el fusilamiento a la silla eléctrica?

—¿Pero qué te han hecho a ti los animales?

—Nada. Y ésa es la clave. No me han hecho nada, y no estoy dispuesto a darles la menor oportunidad de que me hagan algo.

Ella se replegó hacia el rincón del silencio, pero preparó los guantes para el siguiente asalto.

—¿Y peces? ¿Qué te parecerían unos bonitos peces de colores?

—Me encantan los salmonetes fritos.

—No te pongas sarcástico.

—De verdad, cariño, no insistas. Con los peces tengo un trauma de infancia. Una vez me llevaron a un acuario, y una piraña asesina me miró mal. Los peces miran mucho, y hay miradas que no se olvidan fácilmente.

—Mi amiga Conchita dice que tener vida animal en casa hace mejores a las personas.

—Y, aparte de su marido, ¿qué vida animal tiene Conchita en su casa?

—Tiene un par de hámsters de angora.

—Con veinte más, igual podría hacerse una chaqueta. La angora abriga mucho.

—Te hablo en serio. ¿No te gustaría tener un hámster?

—Los ratones asustan a las mujeres. No comprendo bien tu propuesta.

—Los hámsters no dan miedo. ¡Son tan ricos!

—Ah, si son comestibles, me apunto. Aunque sigo prefiriendo los salmonetes.

A esta pareja le faltaba algo, desde luego. Y echaba en falta lo que le faltaba. Ella, a tientas, se estaba aproximando al fondo del asunto, y él, por fin, se dio cuenta.

—Cariño, creo que necesitamos un hijo.

—¡Se hará caca!

—Sí, pero, entre la caca de un perro y la caca de un niño, prefiero la del niño.

—¿Cómo lo sabes?

—Por experiencia.

—¿Has tenido perros o hijos con otra?

—No, pero te recuerdo que he sido niño.

—¡Un niño! No es mala idea, pero te advierto que el niño, cuando crezca, querrá tener un perro, o un gato, o un pez, o un hámster. ¿Qué harás entonces?

—Darle un hermanito.

—¡Se hará caca también!

—Y nos hará discutir. Tú me dirás: «Mira lo que está haciendo tu hijo.» Y yo te diré: «Es hijo tuyo también, ¿no?»

—Y, cuando nos pida permiso para algo, tú le dirás: «Pregúntale a tu madre.» Y yo le diré: «Pregúntale a tu padre.»

—Y, cuando se enfade, tú me dirás: «Qué carácter, ya tiene a quién parecerse.» Y yo, por una vez, diré lo mismo.

—Y, cuando haga algo mal, tú me dirás: «Ríñele.» Y yo te diré: «Ríñele tú.» Y reñiremos tú y yo.

Los dos se quedaron pensativos. Hay temas de conversación que se sabe cómo empiezan, pero no cómo acaban. En esta ocasión, él dijo:

—¿Sabes lo que te digo? Que la vida es una caca.

—¿Entonces?

—Lo siento, amor, pero necesitamos un psiquiatra.

—¿Y conoces tú a algún psiquiatra que no sea una caca?

Esta pregunta les hizo reír tanto y les puso tan contentos que a los nueve meses tuvieron una hija. Una hija del sofá.

Y le llamaron Linda para irse acostumbrando al zoológico.

Y su vida fue una feliz vida de perros e hijos.